幽兰庄园

庄生小乔　静若幽兰◎著

江苏凤凰文艺出版社
JIANGSU PHOENIX LITERATURE AND
ART PUBLISHING, LTD

图书在版编目（CIP）数据

幽兰庄园 / 庄生小乔，静若幽兰著 . — 南京：江苏凤凰文艺出版社，2018.9（2023.5 重印）

ISBN 978-7-5594-2827-1

Ⅰ . ①幽… Ⅱ . ①庄… ②静… Ⅲ . ①中国文学—当代文学—作品综合集 Ⅳ . ① I217.1

中国版本图书馆 CIP 数据核字 (2018) 第 201264 号

书　　名	幽兰庄园
著　　者	庄生小乔　静若幽兰
责任编辑	梁雪波　黄孝阳
出版发行	江苏凤凰文艺出版社
出版社地址	南京市中央路 165 号，邮编：210009
出版社网址	http://www.jswenyi.com
印　　刷	三河市双升印务有限公司
开　　本	880 毫米 × 1230 毫米　1/32
印　　张	8
字　　数	188 千字
版　　次	2018 年 9 月第 1 版　2023 年 5 月第 2 次印刷
标准书号	ISBN 978-7-5594-2827-1
定　　价	69.80 元

暮春时节，一盆大花蕙兰的呓语

庄生小乔

这不是幽兰操中的山谷
金卡之上
没有雪霜，不见苍茫
你们所见
只是一次关于王者之香的绽放

没有众香之拱
也便罢了
隔壁那位著名的中国男人
为什么
在一盆花的身后
安放一种绿绿的植物
好让男人们担心
有人会拾起
扣在盛放的花朵之上
——只有我知道
一盘生菜的清香
你们深谙和气生菜(财)
我自独去惠风和畅

愿我指尖的暖……

静若幽兰

站在雪中的乡野
我并未觉到安泰的刚强
远山静穆
长兄如父
近树亭立
长姐如母
我是如大地般坚忍的你
一手带大的孩子

光阴的故事
似一种轮回
时光
将你变得柔弱
岁月的风,在我眼前
吹乱了你的样子

我的心底
有一句孩子常用的话
没有说出口——

乖，摸摸头

——愿我指尖的暖

理顺你的发

拂去岁月

留在你发上的雪

序

王十月

《幽兰庄园》即将付梓，很高兴能为这本集子作序。两位作者静若幽兰和庄生小乔，都是很纯粹也很执着的写作者。他们目前未曾出名，他们似乎从来也未曾想过出名的事。把一些有纪念意义的作品结集出版，也纯粹是为了见证文友之间的情谊。

我与庄生小乔未曾谋面。我在《作品》杂志工作，他是我的作者。我在自然来稿中，读到庄生小乔的几十万字的小品文。他和几个文友，每周相约写一篇文章，相互评点，相互鼓励，坚持了一百周。这很难得。更难得的是，他的文字极佳，谋篇讲究，文风散淡。他写他的日常生活、读书，写他和孩子间的趣事，读来很舒服。很久没有读到这样真切自然而又豁达的散文了。于是我在《作品》杂志推出了庄生小乔的一组作品。编写之间，慢慢地熟了起来。虽未谋面，却引为知音。庄生小乔常说，他的写作，是以文会友，以友辅仁。他的境界，是我羡慕的。我在微信朋友圈晒一点涂鸦，他配以诗，为我的画增色不少。我出版书时，便讨了他的诗配我的画。

喜欢他的诗的人，大抵多于喜欢我的画的。静若幽兰大约就是读了庄生小乔为我的画配的诗，因而喜欢上了我的画。也因此，以我的微信为介质，他俩成了朋友，一个在孟子故里，一个在岭南。

静若幽兰写诗、写散文，也写小说，她的作品不似庄生小乔那样才情逼人，但她的诗与文朴素、真挚、诚恳。我以为，这是很重要的文学品质。她的文字和她的名字一样，静若幽兰。这样两个在当今很少见的有趣而且干净的人，合在一起出一本集子，再由我写点文字为序，用以见证这世上原来尚有纯粹之人事，有点古风了。想到汪曾祺先生的小说《鉴赏家》。汪先生写的，是当代版的高山流水，庄生小乔、静若幽兰，加我这个作序的，不也是互为鉴赏家么。

以汪先生《鉴赏家》中的一首诗作结：

红花莲子白花藕，
果贩叶三是我师。
惭愧画家少见识，
为君破例著胭脂。

2018年7月23日
于新疆博尔塔拉

（作者系鲁迅文学奖得主、中国作家协会全国委员会委员、广东省作家协会副主席、《作品》杂志副总编）

目录

辑一　等待雪的少年

辑二　走出黑夜的孤独

一　大地上的哀鸣

二　会见室里的泪水

三　红唇印

辑一

等待雪的少年

蛰伏了千年
只为等一人出现
似睡非睡中
我走进了自己的伊甸园

幽谷泉边
那咕咚咕咚泛起的水花
就像我的思念，白花花的涌出蔓延
疲惫的身心再也经不起煎熬
让奔腾的思绪随着缓慢的流水而去
因为，他在远方

……

他说，明年月圆时
会在格桑花盛开的地方等我
会在雾都千亩茶园中等我
去与不去

都是一个美丽的传说

——静若幽兰《远方的呼唤》

在深夜看一棵竹的成长

庄生小乔

房间里流淌着《星空》的旋律。仰起头，我看到画中绿蒂面前爬满紫藤的栅栏；她的身后，是绿色的丛林。

想到日间看到院中新长出的竹，我决定到院子里去，看看它在深夜如何成长。出门的时候，胳膊碰到一棵大叶子的不知名的花，感到凉凉的，看到水——原来它们在深夜里把白天吸收的水分从身体里循环出来。

偶尔有风，院子里安静极了。

那条和某西方大国总统同名的狗，早已对我在深夜到院子里打扰它的美梦的行径熟视无睹，除非我弄出声响，它通常都不会从窝里跑出来。石榴树、香椿树、枸杞树在深夜里自由地伸展着枝叶，石榴树和枸杞树应该还同时酝酿着花和果。栽在地上的菊花因为有地气的滋润，长势喜人，比花盆中的同类旺盛得多。月季花在暗夜里怒放，花姿婀娜，暗香袭人；地上，有零落的花瓣。

那棵新长出的竹在葡萄架的下面。葡萄架上那些成串的花蕾样的东西已经长出了很久，却还没有见到绽开，或许葡萄是不开花的？风吹过，灯光里那些长成的壮年的竹子，在墙上留下捉摸不定的摇曳的身影——我看到，竹影更精彩地展示着竹的神韵。

从最初惊喜地发现那新竹破土而出，我就开始留意它。在我的印象中，这是最初从老家移栽过来的那棵竹子这几年当中生发出的最壮硕的一棵新竹。破土的时候，它就比大拇指还要粗。经过了四五天的时间，现在，它已经长到近一米，由于老枝的影响，它微斜着身，努力向东北方向的天空里生长；大概要等到它不想再长的时候，再开始发出那些横生的枝叶吧。

重新回到书房里，一首名为《早晨》的曲子刚刚开始。画面上，一只天鹅——像极了十几年前家养的一只大白鹅——在晨曦中辽阔的湖面上游泳。它的身后，是绿色的丛林。

书房隔壁的卧室里，五个月大的女儿在大约三秒钟的时间里象征性地哭了两声，似乎在告诉我：她知道我在深夜到院子里看过一棵竹的成长……

在临海的窗前等待春暖花开

庄生小乔

“面朝大海，春暖花开。”

——在我看来，诗人海子的文字，是所有关于大海的语言中最美的诗句；在我心中，这样的场景是一个诱人的梦。

我渴望抵近大海。对海的亲近，应该让每一个人无限欢愉。下海，进入海中，全身心投入，让海给我们从脚趾到发梢的种种感受。每一个男子，如果少了亲近大海、感受大海、与大海对话的欲望，所缺少的，不只是豪气，似乎还有某种涵养——不能想象一个面对大海毫无兴致的男子，会拥有“海纳百川”的胸襟。

你能够拒绝沙鸥在人潮与海潮汹涌的海滩翔集时，那美丽身影的诱惑吗？你会放弃儿时对她（他）许下的将来与她（他）手牵手，每天一起在海滩散步的诺言吗？你不想经常与你的孩子一起在海边的沙滩上打几个滚儿、捉几只螃蟹、拾一捧贝壳吗？你不希望年老时坐一把白色的躺椅，每天的早晨与黄昏在海边听着涛声怀想既往的岁月吗？

“我想我是海。”——黄磊是这样唱的，我是这样想的。因此，关于海的每一种情境，我都无法释怀：我想我是海，冬天的大海，心情随风轻摆；我想我是海，宁静的深海，不是谁都明白……

我相信，每一个人，都是有梦想的。我同样相信，每一个人，都是努力追梦的人。

我有一个梦想：在海边，安一个家——每个阳光温暖的清晨，扯开纯白的窗纱，拥着我的爱人，在临海的窗前，像海子一样，静静地体会：

面朝大海，春暖花开……

九仙五人行

庄生小乔

你能够拒绝独处一隅、素面朝天、与世无争、在人世静默了太久的九仙山的诱惑吗？

缭绕山间的梵音佛号，《桃花扇》里的红男绿女——石门山的盛名，使人们冷落了同在曲阜、与它一路之隔的九仙山。也正因为这种忽略，九仙山没有斧凿痕迹的天然胜景，才原汁原味地呈现在每一个与它不期而遇或者专程探访的行者面前。

深秋周末的早晨，天上飘着不紧不慢的小雨，车里播放着赵传的专辑，我们行进在往九仙山方向去的乡间林荫道上——这是十月七日，我和傅兄、石兄应在九仙山下的乡村小学教授美术和语文的张同学和在山大读研的萧同学之邀，在国庆长假的最后一天，到曲阜拜望传说中从九天仙界下凡到此地的九个云中仙子。

深秋，东方圣城，雨中，乡间林荫小道，乡村小学，美术教师，山东大学，书法研究生，朋友之邀，仙界，下凡，云中仙子……已经出现的这些词汇，不就是一次浪漫的自然人文之旅的要素？

车子终于从散落在平原上的村庄中驶出来，迎面而来的不是野地，而是乡间农人连绵的庄稼地。地里的粮食作物基本上都已经收完，果树上还挂着果子：红的山楂，红的苹果，黄的柿子，如团起的小刺猬般的栗子……能够累死马的不远处，九仙山的身影忽然就显现了出来。

你是否有这样的感觉？你听说过许多山水人文胜景，非常神往，并且对它们产生了种种联想。某天，真的到了那些你神往的地方，你一看，发现你对那些胜景的种种联想与胜景实际的面目，总是千差万别？

我几乎每次都有这样的感觉。

九仙山比我想象的要雄壮，比我想象的还要静默。

雨落在山脚下狭长的水库里，激起无数无声的涟漪。水库对面的山坡上，不知是哪里的小隐者，盖起了一栋小别墅，在九仙山间显得有些扎眼。

撑起伞，我们一行五人在雨中向九仙山深处进发。

传说中的九个仙子在哪里呢？

因为下雨，山路有些泥泞，我们便踩着山路上的青草缓缓而行。起初，我们跟着先于我们抵达的一群游客，沿着弯弯曲曲的山路，走走停停。仰望一下九仙山的众多山头，侧身看看山谷里的小白花，在心里默默地希望眼睛能遇着一株寂寞的野百合。山路上不时遇到农人遗弃的细玉米秸，横七竖八地躺在那里，安静地听风雨大作。

风和雨确实有点“大作”的意思了。我们都感到了冷，撑伞也比刚才费力了些。在一个路口，我们选择了另外的山头，与走在前面的旅人们分道扬镳。

独辟蹊径，说不定就能遇上传说中的仙子呢？

我们选择的路线是沿着山谷上行，目标是登上南面这一座山峰的峰顶，可能的话，回头再登北面那个最大的山峰。

在这明明藏了九个仙子的山中，此时雾霭沉沉、秋雨纷飞。也许，一有风吹草动树摇，传说中的仙子，就会现身吧？

山谷里有成熟后落下的栗子，栗子树就长在山谷边，乍看上去，很像核桃树。我们沿着山谷上行，交谈中多次提到李健吾先生写的雨中登泰山。那次登泰山我和他擦肩而过，那天雨下得也没有现在这么大，一个朋友说笑。我们在雨中的山谷缓慢行走，东北方向那个山头上的游人，也在雨中的山脊上缓慢地攀爬。

雨却是越下越大，风也是越来越猛了。

我们渐渐行至南面山峰的半山腰。同行的一个朋友对着北面山坡上的人，大声地喊了一声。他们纷纷停下来，驻足看我们。

大约是在这座山峰的颈部，我们全体停下来稍事休息，补充能量。一个朋友提议，一起诌一首诗。于是，很快便吟成《九仙五人行》：

九仙山中五人行，
雨中登临乐融融。
衣衫尽湿意未尽，
但愿长留此山中。

最终，我们没有抵达这座山峰的顶部，因为，雨越下越大；因为，风越来越急；也因为，我们放弃了坚持到底的想法。站在九仙山的风雨中，我忽然觉得，不能抵达一个高度，自然条件的限制是原因之一，最主要的，还是缘于我们自身的放弃。我们不能征服一座山，通常是因为我们没有战胜我们自己。九仙山是一个自然的所在，而我们却都是经过了现代文明洗礼的孩子。现代文明的洗礼，让我们在得益的同时，也失却了本性中许多天然的东西。在自然的九仙山间行走，不知道我们能不能恢复些天然的元气。

那么，且相期下一次的九仙五人行吧。希望，即使下着雨，撑着油纸伞，也能登临九仙山的绝顶，在九仙天池边仙境般的云中，逢着，九个丁香一样的仙子……

等待雪的少年

庄生小乔

“云中城腊月某日的早晨，干冷的空气中，似乎隐藏着某种气息。

“庄生走在大街上。他望着天空，忽然觉得这两年的雪，确乎少了起来。”

——一月二十六日，在写下这样一个题目和这样一个开头后，这篇二十三天之前曾经在脑海里如溪水中的小小旋涡般盘旋过的关于雪的文章，因为二月十七日的《文化周末·圣地》中《雪中孔林》的同题散文，此刻重新在脑海中泛起——但是，等待雪的少年最初的身影，似乎已经模糊在窗外的阳光从对面楼上的玻璃幕墙反射过来的光晕里。

约几个相熟的朋友，在节日里出游，是一件惬意的事情。正月初十，在雪后拜谒一个地方，如孔林，是一次肃穆而诗意的旅行吧？

今年春节，单位难得放了一次长假。年前，峄山的一个朋友说过年后方便的时候打电话约我去爬峄山，我愉快地答应下来——过年的时候，或爬山，或去亚圣居，已成了我这几年的习惯。大年初一上午，到朋友小孔家去拜年，并和他一起去了孟府，恰逢市文物旅游局和电视台在录制节目，往年春节清静的亚圣居里，今年显得颇热闹。我们在孟府里安静地走着，偶尔就院中的一棵树、一块石或一副联，说上些什么或者作一些猜想。

爬峄山的事情，年初五的上午定了下来：赵成杰、阿同、兴贵和我四个约好初六的上午九点出发。我们都不止一次爬过峄山，但仍然为明天的爬山而兴致勃勃。我还想，待爬山归来，也约请阿同和兴贵他们写写登临峄山的感受，一起发在我们的集团报纸上。赵成杰虽然还不能写，也可以让他说说自己的感想。

所有关于爬山的打算被一个电话打乱了：我接到单位通知，初六提前上班，去写一份材料。只好取消了爬峄山的计划，保留今年春天或秋天某个时候再一起去登临的想法。

初五下午，我忍不住一个人疾步穿过积雪尚未消融、静悄悄的枣树林，以极快的速度登上护驾山。左手既没有“牵黄”，右手也没有“擎苍”，而且滴酒未沾，竟也体会到了一点东坡先生“酒酣胸胆尚开张”的境界和襟怀。

其实，真正的旅行或许是一个浪漫的心灵在他所向往的那一片大地上诗意的行走。这行走，或许还是孤独的——即使有和他心有灵犀的朋友一路同行，即使有耀亮天地间的雪光，即使有孔林间静穆的古柏老桧以及它们身上的青苔……

那些与你一起登临绝顶的仁者，临渊踏水的智者，临赏山间明月清风、伤春悲秋的歌者，是你在大地上浪漫地行走时，行走在你身边的诗意；那山、那水、那风、那月本身，其实是你诗意的心。

雪，或者说诗意，其实在一个人的心里……

浮生流年中的孟母林

庄生小乔

我们到孟母林，很自然地就去了；很巧合，那一天是孟子的生日，是孟氏宗亲祭奠孟母的日子。俗话说，儿的生娘的苦。为人子女的我们，代表我们自己，无意中在这样一个日子拜谒一个圣哲的贤母，深觉恰逢其时。

春末的四月初二，天气很暖和，我们睡到自然醒后，带上昨日准备的零食，在街边简单地吃过早点，步行到汽车站，和几乎同时赶到的云蔚兄登上去往曲阜的公共汽车，去拜望心念已久的那片山林和林中长眠的孟母。

车过凫村孟子故里的牌坊停下来，我们往回走，问过路边的一位老人之后，沿着水泥路向东行。路边的桃花已然开过，枝头应挂着花生米大小的桃子吧。果园里的鸡在悠然地逛，电线上的鸟在脆生地叫，路上的女儿在前边欢快地跑。

再次向路边果园里的一个大姐确认了路线后，抬眼前望，我们隐约看到了孟母林前的神道。

一进入孟母林的院子，空气似乎猛然清新起来。那些地上的野草和野花，那些年长的柏树，那穿行林间的风，带给我们不一样的春末体验。林中，间有杂树，有些认识，有些不知名，梨树则盛开一树一树的白。林下，各处都有凸起的土丘。

我告诉女儿：有人在下面睡觉，不要吵到他们。

沿林间路随性地向前走，东转，行约两百米，就是中兴祖孟宁的坟冢。一个家族的再兴盛，自孟宁先生始？土丘高于周边的坟茔，墓碑高于周边目之所及的长眠者。

复西行，转向北，继续前行，不久，即见孟母林的北墙。复转向西行。又见杂树及西墙。对整个孟母林的方圆，我们心底有了大约的印象——继而想到，我们离孟母的长眠之所，应该已经不远了。

林间的路上满眼野花。时有蝴蝶在丛中飞舞。我去捉蝴蝶，不得；女儿也去捉，仍不得。

一抬眼，整个林间最高大的土丘就在眼前了。虽然在土丘的背面，但我们知道，这便是一代贤母安息的所在了——因为，在这片林间，没有见到还有谁在另一世的居所比这一处宏大。

再伟岸的男人，都是一个叫母亲的人生育的。尊母敬母，该是每一个男女天生的心性。

到孟母的坟前，看那些旌表的碑文，想土丘下长眠的孟母和孟父，再想其后孟氏家族生生灭灭的男男女女，如电影中的快镜头：稚子黄口少年青年壮年暮年老去……他们的下一代，在人世重复稚子黄口少年青年壮年暮年老去的人生……再下一代，继续重复……

而孟母林，是他们永远的归宿。

贤母长眠的山林，适于每一个贤或不肖者归于自然。

拜别孟母，我们去登形似马鞍的马鞍山。

一座山，高或低，有名或无名，它的静默厚重以及安之若素，都值得我们尊敬——如我们的父母。

山间的花，山林的风，山上的柏，山中的鸟，总是宜人。我们择一处阴凉，在山石上小憩。山前的麦，山东的林，山西的村，都在春风里。这些，和孟氏宗亲祭奠先祖的礼炮的轰响，都在我们的眼耳里。

我们在千年之后来拜望千年之前的孟母，怀想她的子孙们这千年以来种种或热闹或冷清的人生。而这有些寂寞清冷的寂静山林，是他们既往已逝的先人们、未来将诞的后人们的永安之地。

是时光，销蚀浮生流年，不管你我是谁，不管你我从哪里来，不管你我到哪里去，总有一片时光之中的山林，不动声色，收下你我的身心。

于这浮生流年中的山林里，看见孟母和她的几十代子孙，想到健在的父亲和已逝的母亲，他们是我的未来，我在春秋冬夏一步不停地向着他们奔去。

于这浮生流年中的山林里，带着女儿在迎风生长的树林间穿行，她是我的既往，她的日生夜长让我重温我已忘记了的我的小时代。

于这浮生流年中的山林里，遇见，已知和未知的自己……

生命的答案在谁的手

——在音乐中夜读川端康成

庄生小乔

我手头所有的川端康成的文集，无论在黑夜或是白天去读，除去《伊豆的舞女》这个短篇，其他的篇章里，尽管其间充盈着细腻的“川端之美”，充盈着川端康成君对生命的意义的种种探究，甚至有个别个体对群体的反叛与逃离，我却总是从川端康成文字的背后，感受到川端康成宿命般在反复表达着一个主题：生命的无法把握与生命在人世的无可作为。

即使在《伊豆的舞女》这最初的文字中，在那一趟旅程的终末，“轮船出了下田海面，我全神贯注地凭栏眺望着海上的大岛，直到伊豆半岛的南端，那大岛才渐渐消失在船后。同舞女离别，仿佛是遥远的过去了……”只是告别、转身出发、伊豆半岛海还没有从视线里消失，在“我”看来，与薰子的离别，却是“遥远的过去了……”。在“我”的世界中，只是一次码头的告别，便成为遥远的过去、成为永恒的失去了。川端康成的生命中，少年时代的那些少有的浪漫情怀，去而不可追，如同薰子消失在“我”的视线里，“我的头脑恍如变成了一池清水，一滴滴溢出来，后来什么都没有留下，顿时觉得舒畅了……”

其后的许多或长或短的文字，川端康成都在从不同的观察角度，不同的介入主体，力图对高贵或者卑微的生命进行精微的解读。

川端康成以他独具东方之美的文字获得诺贝尔文学奖。

他可能彻悟了生命的究竟，也可能对生命的要义始终迷惑。

终了，川端康成用自己的手，以非自然的形式，终结了自己曾经努力找寻生命的答案的生命。

生命的答案终究在谁的手上？

云中的仙境

庄生小乔

一

2006年3月4日下午，听到产房里传来第一声响亮的啼哭时，我下意识地看了一下表：5点18分。在产房外接过护士抱给我的她，我们第一次见面：她睁着漂亮的大眼睛，安静却似乎好奇地看着这个世界，全然不知道小心翼翼地抱着她、无限欣喜地注视着她的我，有怎样也表达不清楚的心情。

她是从云端降落到凡尘里我的怀抱中的天使。

3月8日，将女儿淑涵诞生、我备下茅台酒作“女儿红”的消息告诉济南的一个朋友。她说：世界上有两个女人疼爱你了。

听到朋友这话的一瞬间，脑海中首先想到女儿，眼前仿佛浮现出她乖乖地躺在襁褓中睁着大眼睛却不知所看的样子——她是朋友口中疼爱我的女人之一；继而想到母亲，与此同时想到作家张洁：因为——世界上最爱我的那个人去了；然后想到妻。母亲，妻，女儿——她们是我生命中最爱的三个女人。

沉静片刻，我对朋友说：等到淑涵出嫁那天，我请你喝茅台……

二

我清楚地记得，3月4日下午听到产房里传出女儿的哭声时，女儿的姑妈——我的姐姐，流下眼泪来——姐姐是在为母亲不能够等到抱上我的孩子而感伤。

按照姐姐开列的清单，我到商场采购女儿所需的物品。姐姐的清单中并没有酒——我在妻进产房的时候就打定主意，为孩子买酒——作“女儿红”或者“状元红”。进入商场我便在酒类专柜前驻足，并没有多想，就选择了53度的茅台酒——在我心中，作为中华文化酒的杰出代表和典范的茅台酒，似乎就是唯一的选择。

在为女儿买过两瓶茅台酒转身离开的时候，我突然想到母亲，一时百感交集：作为父亲，在女儿诞生的时候，想到好好抚养她，为她备下“女儿红”，庆贺她将来长大成人；作为儿子，我又曾为母亲想过些什么、做过些什么？

作为母亲唯一的儿子的我，至今不能确定母亲在哪一天离开我们一家人——尽管我在她离开我们的时候守在她的床前；作为母亲唯一的儿子的我，不想知道世界上最爱我的那个人在哪一年的哪一天离开我们，不想面对世界上最爱我的那个人去了的真实。

我曾经多次写下《断乳之痛》这样一个题目，想写一篇怀念她的文章。可是我在少有人打扰的安静的适宜写作的书房里，从来都没有在那个题目之下写下几个字来。小时候的断乳，是物质上对母亲的一种失去；在我成年但还没有成家、没有为人父、没有成熟之前，母亲的离开，成为我“心灵上的断乳”——我失去了一个人成长中物质和精神的乳汁。幼年的我和成年的我，有对她的乳汁和她在时光中慢慢老去的音容的渴望。幼年失去她的乳汁，对我来说是一种痛；成年不能看着她在时光中慢慢老去，成为心头的另一种更深刻的痛。

三

2006年3月4日女儿出生的当晚，我将“齐鲁作家文丛”收录的我的一本文集，作为“我决心要向我的母亲献上的一份释怀的礼物”，浇上另外又买的一瓶茅台酒，焚于百里之外的故乡母亲的坟前……

我祈愿：借着茅台酒的醇香，那些饱含深情的文字，离去的母亲都已读到……

女儿津津有味地吃着妻的乳汁，像生长中的许多精灵，她的小手，身上，开始蜕皮——成长，是要突破某些束缚的。而我，要用一生来呵护她的成长了。

我想，为人子、为人父者，对逝去的母亲最好的怀念和对正在成长的女儿最好的关爱，就是虽然少了一个人，生活依然如在云中的仙境里一样淡定、平和；并且，将这淡定、平和深藏在心底，在平常的日子里酝酿出生命的馨香……

岗山的自在

庄生小乔

一

这些年，爬的大小山头多了，便有了些自己的爬山心得——那就是随性地去拜望一座山，沿着一条寻常或不寻常的路，走走停停，看登山路上沿途的风景，体会那些风景所激发出的情愫种种；并且，爬山不求一定登顶，到哪儿算哪儿，从未有过“我比阿尔卑斯山还高”的豪言或感慨。倒是通常在下到山底回望山峰的时候，心底每每有这样未说出口的话：嗨，我来过，我走了，打扰了，谢谢了。

我到岗山，去过多次，沿着山西或山中的路拾阶而上，到三元行宫向西或者向东下山，总能看到岗山四时不同的风景。之所以去爬岗山，一则因为它就在城北，爬起来方便；二则因为知道山中有著名的石刻，想去寻那石上的文字，体味大字的艺术。

其实一直没有寻到那些石头上的凿痕。倒并不急着刻意去寻，反正山就在那里，石就在那里，凿痕就在那里，而我就在这里，岗山之南，戈河之北。我到或不到岗山，心里都能想到那些刻在石上的字，栉风沐雨，静默无言，自在，安然。

榴火初燃的时节，因为“寻石刻不见想见”的念想，我还是打定主意去了。约了三两文友，带上我的“小尾巴”——女儿，奔着岗山，或者说奔着岗山上的石刻去了。那些石刻不是隐者,它们不会像隐者那样,为躲避尘俗的造访而去采药,这千百年来,它们一直都在那里。

我总不去,失敬的,就是我了。

二

爬岗山,观石刻,云蔚兄是极好的向导。他曾带妻儿和朋友,多次登山观字。

那一天的早晨,他带着我们,沿着山中的路,缓步上行,仰观山间满眼的绿,呼吸山上的清新之气,到"回望闽粤"石刻稍驻足后,继续攀登直到三元行宫。

这次春末的岗山之行,因为在三元行宫小憩的时候,结识了一块镶嵌在行宫围墙上的石碑,可以说是一趟带来意外惊喜的发现之旅。你知道的,我们的意外之喜,就是在石碑上读到了那篇求雨的文章《岗山祷雨五章》,写得相当棒!你还知道的,这篇祈雨的文章是济南一个叫张鸣远的人刻在石碑上的,刻得相当美!你一定还知道的,《岗山祷雨五章》的作者,就是那个"知邹县事"叫王尔鉴的,干得相当好!

文章相当棒、石刻相当美,都是我们亲眼所见,不信你可以自己去验证;说王县长干得相当好,是我们猜测的——因为那祷雨的文字里说,有什么不对就责罚我一个吧,该下雨了求老天下点雨吧。如此有担当的一个人,应当是一个好县长;再加上我们还听说,有一年,王县长动员县里的百姓,到峄山上用弹弓往山间打桃核儿,使得数年后峄山桃花名满天下,游人络绎不绝。

据此两点:有担当和重旅游,我们粗略推定:王尔鉴是个好县长。

三

爬岗山，观石刻，云蔚兄真的是极好的向导。尽管在我们细品祷雨碑文后去岗山之阴品读刻经的时候走过了路，他依然只用了三两步就把我们带到了求读真经的正途上。

很快，我们在山阴蓊郁的林间，就看到了大仙人石，看到了“二种无我”，看到了散落在山间各处石制的佛经散页，三三两两，无法无章。

岗山忽然就不一样起来。

岗山之阳是郁郁葱葱的树，是热热闹闹的城，是城里熙熙攘攘的市民，树、城、市民，一如往昔。

岗山之阴是蓊蓊郁郁的树，是鸡犬相闻的乡，是乡下淳朴厚道的农人，树、乡、农人，亦如往昔。

岗山怎么就突然不一样了呢？

另一个约好的朋友告诉我们，他已经过了三元行宫，正往我们这个方向赶来。

云蔚兄去山南接应他。我和女儿在山北，于那突然给人不一样的感觉的岗山中，继续着在佛经间的轻行慢读。入眼的，有神元、神通之力、法自性识……

转身就是另一重天。眼前豁然开朗，一块硕大平整的石，兀自立在岗山之阴一片开阔的地带。因为开阔，这里是适合聚会的。石面的中心，刻着“他方佛土俱来集会是诸菩萨具足无量自在”的文字。

原来，各路佛陀和诸位菩萨，也是喜欢聚会的。无论是觉而不迷的佛，还是觉而有情的菩萨，无量自在的他们，于这凡尘俗世的千山万壑中，单单选了邹鲁之地籍籍无名的岗山，选中了岗山之阴这一片开阔之地，作了他们的仙集之所。

岗山让我们忽然感到不一样的，原来是诸佛和菩萨的“无量自在”。那些静默的山中朴石，那些寻常的人间草木，以及人世间庸逸的我们，因了刊刻上佛家的文字，因了聆听过佛家仙集时的非诳语，因了登临岗山之阴感受到了佛家的气息，便仿佛突然有了佛性，灵肉通佛，知天地并生，觉万物为一，也变得无量自在起来。

那些无形的思想和智慧，勒于岗山这些有形的山石上，你我去或不去，观或不观，了然与否，它们都自在那里，并将自在下去。

它们自在那里。比我们自在。

吃茶去

庄生小乔

引子:试味茶禅

南方有嘉木。

自邹鲁之地的孟庙出发,从孔孟新道往东方圣城曲阜去乘高铁作这人世间品茶味禅的逍遥游,沿途每每留意到已然往生的中国佛教协会主席赵朴初先生为我们这座千年古城的题字“孟子故里邹城市”。七个古雅平和、雍容宽博的大字,让我们这座儒风悠远的城池,隐隐地透出一种佛家的庄严气象。

人在草木间。

于城市中行游,在山水间流连,看山看水,读城问茶,我常常想起赵老为陈彬藩先生的《茶经新篇》所题的诗:“七碗爱至味,一壶得真趣。空持千百偈,不如吃茶去。”

挟裹了一身邹鲁之地的儒风,行走于风情各异的陌生城池、他乡山水,遇见和此地的大儒一样音容可亲的他乡圣贤。我试着穿越时空,于时光的长河里,看见、听见他们当年在人世的浮踪飘影,将心中的茶盏虔敬地双手奉上,与那些居庙堂之高或者江湖之远的先贤,作一期一会的对饮。

念兹在兹。我冀望,从一碗清心的茶汤里,品尝出一泓清泉和几片香茗中，传承千年的深奥禅机……

杭州：从来佳茗似佳人

我往杭州，漫步西湖中的苏堤，到梅家坞和小瀛洲问茶，常遇见在垂柳边漫行、在茶山上采茶的江南女子。再于西湖边清寂的茶室，与相识十余年的老友，于若有若无的丝竹声中，注目主人殷殷地侍茶、敬茶，闻香、举杯，啜一口鲜爽清香的龙井茶，总叫人想起苏轼“从来佳茗似佳人”的诗句。

千年之前的一个初冬，一座温婉的城池，一池柔情的湖水，与一个旷达至性的文坛巨子，初相逢。

公元一〇七一年，杭州城——后来的临安城，第一次迎来了这座城池后来的父母官——苏东坡。彼时，因反对王安石变法遭到朝廷一些变法人士的诬陷，在朝中感到处境险恶的他，上书请求外放。熙宁四年六月，苏轼以太常博士直史官通判杭州。

三年后的一〇七四年，苏东坡由杭州通判改任鲁地的密州。十五年后，历经宦海沉浮的苏东坡，再于一〇八九年重回杭州担任太守。

杭州西湖，因了他的一首诗，从此风情万种与众不同：“水光潋滟晴方好，山色空濛雨亦奇。欲把西湖比西子，淡妆浓抹总相宜。”（苏轼：《饮湖上初晴后雨》）

在杭州任上，苏东坡除了赈灾民、捕蝗虫、修治六井、疏浚西湖和修筑被后人尊为“苏公堤”的长堤等诸多公务之外，与文坛的诸多雅士和当地的惠勤和尚等诗僧多有交游。钟情山水的他，在杭州的山林江湖中写下了许多脍炙人口的诗词，其中尤以关于西湖和茶事的诗文唱和为佳——与曹辅的酬答《次韵曹辅寄壑源试焙新茶》，更是传唱千古：

仙山灵草湿行云，洗遍香肌粉未匀。
明月来投玉川子，清风吹破武林春。
要知冰雪心肠好，不是膏油首面新。
戏作小诗君一笑，从来佳茗似佳人。

仕途屡经迁谪的苏东坡，也曾得宋哲宗赏识。一〇八九年，苏轼重回杭州出任父母官之后，哲宗皇帝派出密使到杭州，专赐贡茶密云龙一斤。苏东坡对哲宗皇帝御赐的密云龙引为至宝，平常不舍得拿来待客。当时的"苏门四学士"黄庭坚、秦观、晁补之和张耒，常在亦师亦友的苏东坡那里雅集，谈诗论文，得尝密云龙的煌煌茶香。

苏东坡也常到孤山的诗僧惠勤和尚处茶叙。惠勤汲来孤山上的泉水，烹煮佳茗待他。后来惠勤圆寂，苏东坡便将此泉命名为"六一泉"以纪念惠勤。

"问汝平生功业，黄州惠州儋州。"苏东坡自题金山画像的文字中，怎么会没有茶香氤氲的杭州呢？

作为茶道中人，苏东坡是中国茶文化的积极参与者、大力弘扬者。茶于苏东坡，确"似佳人"，其意义，几如"十年"中的老妻和后来的侍妾朝云，与之相随相伴，相望一生。

苏东坡旷达豪放，他的为文为人，他的茶意禅心，除了老苏门风的影响，还有他的宗法。二十一岁的苏轼金榜题名高中进士那一年，有一个人看到他的文章之后，曾对梅尧臣说："吾老矣，当放此子出一头地。"——这个人，就是苏东坡的恩师，当时的文坛领袖"六一居士"——欧阳修。

滁州：在乎山水之间也

环滁皆山也。

野渡。无人。

舟，自横。

挟裹着一身邹鲁之地的儒风，我从西子湖畔，过滁州西涧，寻苏东坡的师承去——曾向惠山索二泉水的东坡居士，当许我，代他向欧阳文忠公，致上一斛虎跑泉的水。

州府无人，街巷空寂。

滁州的官民，他们都去了哪里？

公元一〇四五年，因为上书替“先天下之忧而忧，后天下之乐而乐”的参知政事范仲淹等同朝为官的僚友辩解，欧阳修遭谗外放，于仁宗庆历五年被贬谪到滁州做太守。

彼时和当下的滁州人民，自然有福了——彼时的百姓迎来了一位与民同乐的父母官，当下的人们坐拥着名满神州的天下第一亭。

滁州的官民，他们大概都随山僧智仙和太守欧阳修，到滁州西南蔚然而深秀的琅琊山中去了吧。

琅琊山幽深又秀丽。远远望过去，就能看到茂盛的树林。山势回环，走六七里山路之后，潺潺的水声传来，酿泉水流从两峰之间飞泻而下。

高踞于泉水之上的亭子，琅琊寺的智仙和尚以信众的布施造之，滁州城的永叔太守以自号醉翁名之。

这里，正是太守与民同乐优游宴饮的上佳之所。

这里，也是太守寄情山水诗文遣怀的不二之地。

滁州南谯的施集茶场，出产上好的绿茶。

山中何所有？岭上多白云。

我于滁州城中那座名曰白云的商厦中，问得的“西涧春雪”茶，除了得过韦苏州的品鉴，想来大抵也曾得到过六一居士的点化吧。

同为茶道中人的欧阳修，一生瀹茶无数。欧阳修在北宋的朝堂和文坛之上都非常有名望，除了皇帝赏赐的贡品龙凤团，交好的同僚和文友每年都会送他许多好茶，其中尤以建安茶为多。“亲烹屡酌不知厌，自谓此乐真无涯。”从欧阳修给梅圣俞的诗中，可以感知他平日非常喜欢亲自烹茶。

欧阳修和梅尧臣是一生的茶友。两人常常官任两地，很少有能坐在一起共同品尝新茶的机会。梅尧臣每得到一份新茶，必定托人转送给欧阳修，通常随茶附送上一首咏茶诗。欧阳修每得到他惠奉的新茶和赠诗，也必定赋诗回赠梅尧臣，隔着千山万水与好友共同品评新茶。

琅琊山中那些宴赏喝茶的野林雅亭，像俗世里热闹的宴饮茶会一样，其实隐藏着更大的禅意。有些茶，毕竟离开山野的茶树太远太久了。需要重归山野，沾染些在山林亭间与民同乐的人间烟火。

琅琊山中，醉翁亭下，自有真意。陶醉于山水美景和与民同乐之中的庐陵欧阳修，依然会于其中，品味出谪居滁州的清闲与寂寞。

将虎跑泉的水洒在琅琊一山之中。辞别群山环抱的醉翁亭和宦游无定的欧阳修，我随孟襄阳的客船，往醉翁曾造贡茶的广陵去。

扬州：唯见长江天际流

烟花三月，扬州碧空，可映孤帆远影。

平山堂和谷林堂，在静静流淌的瘦西湖边。

挟裹着一身邹鲁之地的儒风，我和女儿轻轻走进去，向两座堂的正中，虔敬地鞠躬。

出平山堂门，坐在堂前的石阶上，取出杯子，饮一口从天下第五泉里取来的水。

不远处，大明寺在肃穆的天空下，高高地挺立着。

三百年前的某天——扬州，或者某个无名城郭；大明寺，或者某个无名山寺——曾有过这样一次僧俗之间的对谈：

僧：坐。茶。

俗：……

僧：请坐。奉茶。

俗：……

僧：请上坐！奉好茶！

俗：……

那僧是无名的俗僧。那俗是不俗的雅士——扬州八怪之一的郑板桥是也。

那次郑板桥造访寺院，住持不认识相貌寻常、不事修饰的他。从开始的轻慢，到见板桥先生谈吐不俗而心生敬意，后来问过姓名，住持才知道他就是鼎鼎大名的郑板桥。临别之际，那个俗僧还是提出了不情之请——要郑板桥题字留念。板桥先生不假思索援笔立就十二个字：

坐，请坐，请上坐；

茶，奉茶，奉好茶。

一段茶话，见出板桥先生的直率和不留情面。也正因为这种性格，板桥在扬州卖画的那些年，结识了金农、黄慎等许多肝胆相照的画友。

一七四二年至一七五三年，做过“康熙秀才、雍正举人、乾隆进士”的郑板桥，仕于鲁地的范县、潍县，出任县令。他重视农桑，体察民情，灾年开仓放赈，体恤百姓。其任间勤政廉政，深得百姓拥戴。在潍县任县令时，难得糊涂的郑板桥，给向其索求书画的上司画了拿手的竹子，并在上面题诗一首：

衙斋卧听萧萧竹，疑是民间疾苦声。

些小吾曹州县吏，一枝一叶总关情。

板桥作官，本意在“得志则泽加于民”；关乎民生事，更不以忤逆上吏为意。这不正合邹鲁之地两千年前的乡贤孟轲，在他的《尽心章句下》中发出的“民为贵，社稷次之，君为轻”的强音吗？

当官不为民做主，不如回家卖红薯。乾隆十八年，在潍县任上的郑板桥，“以岁饥为民请赈，忤大吏，遂请病归。”想为民做主而不能的他挂冠而去，再回扬州，重新开始卖画的诗酒茶竹生涯。作为嗜茶人，郑板桥的一段《题画》，或许最能见出他的真心真性：

茅屋一间，新篁数竿，雪白窗纸，微浸绿色。此时独坐其中，一盏雨前茶，一方端砚石，一张宣州纸，几笔折枝花，朋友来至，风声竹响，愈喧愈静。

“喝茶当于瓦屋纸窗之下，清泉绿茶，用素雅的陶瓷茶具，同二三人共饮，得半日之闲，可抵十年的尘梦……”“有好茶喝，会喝好茶，是一种清福。”周作人和鲁迅先生的茶话，最是契合板桥先生吃茶的雅意。

乾隆三十年十二月十二日，板桥逝，同孔丘寿。

黄山：痴绝无梦到徽州

“孔子登东山而小鲁，登泰山而小天下。”——战国时期的邹鲁乡贤孟轲语。

“薄海内外之名山，无如徽之黄山。登黄山，天下无山，观止矣！”——大明朝的穷游者徐霞客登临黄山之后语。

——如是我闻。

登临过邹鲁之地的东山——也就是素有天下第一奇山美名的岱南秀灵峄山之后，我凌东岳绝顶——于拱北石边抿一口便利杯里泡了许久的泰山女儿茶，放眼一览天下，果然众山俱小。

时人都说，黄山归来不看岳——何以故？

和女儿在扬州富春茶社吃罢加一杯魁龙珠的奢华早茶套餐，挟裹着一身邹鲁之地的儒风，我与牡丹谢后作了临川四梦的清远道人汤显祖，在临川会合，应邀前往徽州黄山，一道去探寻、去求解。

公元一六〇八年，大明万历三十六年秋，汤显祖和汪廷讷这两位明末时期戏剧界的大腕，在徽州黄山脚下的坐隐园一会——这是他们平生第一次相逢，也是他们这一生唯一的一次相见。

此会，如黄山中一期一会的茶饮。

徽州汪廷讷的坐隐园和环翠堂中，迎接清远道人的，不知道是一杯黄山毛峰？一碗太平猴魁？还是一盏祁门红茶？

黄山莲花峰、光明顶、天都峰三大主峰，引领着黄山的七十二峰和遍及山中高低各处的黄山茶树并一众草木，肃穆静听——两位戏剧大家侃侃而谈：戏里戏外，百味红尘，生旦净末丑，诗酒茶浮生……

黄山之巅，轩辕黄帝的炼丹炉炉火正旺，映照着人世行走的众生蒙昧或智聪的脸庞。

相较于扬州人每日“早晨皮包水，晚上水包皮”的茶浴生活，黄山人更是嗜茶如命，已不是不可一日无茶，而是一日三茶：“朝茶”、“午茶”和“夜茶”。晨起，有“朝可不食，不可不饮”之说——洗漱毕，泡一杯细嫩的黄山毛峰，细品清新的茶香，黄山茶沁人心脾的清气，让黄山人一整天一身通泰；吃罢午饭，再来一杯浓酽清醇的太平猴魁，消尽饭食的油腻，开胃健脾；至于晚茶，“你们祁红，世界有名。”——作为世界三大高香名茶之首的祁门红茶，应是大多数黄山人夜茶的首选：饭食讫，收衣钵，捧一杯汤色红艳明亮、滋味鲜香醇厚、香气似果如蜜的祁红在手，细品慢味，自得红尘浮生一日之妙。

万历五年汤显祖写下《下关江雨四首寄太平龙郡丞》之三，其中的句子“黄山咫尺地，不至遥心托”，清晰地表达了了他对黄山的向往；后来收在《坐隐先生集》里的汤显祖《坐隐乩笔记》，真真切切地记录了万历三十六年汤翁的那一趟黄山之行："予尝闻海阳之地，松萝奇秀，不让匡庐、九嶷、巫峡，心窃慕之。戊申秋，偕陈子伯书裹履杖其间。"

尽管汤翁在写下上述两文其间，还曾写过这首名为《吴序怜予乏绝，劝为黄山、白岳之游，未果》的诗：

欲识金银气，
多从黄白游。
一生痴绝处，
无梦到徽州。

但是，经历了万历二十六年离职回临川著成《牡丹亭》；经历了万历二十七年梦得僧者来信、萌发弃官出世之思；经历了万历二十八年二十三岁的长子带病赴考殁于南京；经历了万历二十九年被吏部以"浮躁"革职除名；后来又经历了交好的挚友和禅师命运的种种变故……年近花甲的汤显祖，无论怎样无梦，也不论如何痴绝，已不复当年的书生意气。

五十九岁的暮年，汤翁终于还是应邀到了徽州。他于镶嵌在青山秀水之中的坐隐园和群山环抱的环翠堂中，领略了戏剧人生另一种煊赫之后，也前去领略了黄山的奇松、怪石、云海、温泉以及山中的清茗、芳草、流溪和飞瀑。

这是千帆过尽、除却巫山的沧桑？还是曾经沧海、历览贤肖的圆熟？

痴绝有解？

徽州有梦？

万历四十四年，清远道人汤显祖仙游；彼时，汪廷讷也已皈依佛门吃茶味禅……

下到黄山山脚，抬望眼，热情好客的奇松、形态各异的怪石、飘渺虚空的云海、濯缨洗足的温泉，但见它们淡然自处于黄山茶的清奇之香里，从容地睥睨环侍周围的五岳，俯瞰如世间苍生的人间草木——枯荣千百年。

武夷山：闽人种茶当种田

究竟是谁，将茶树这不同寻常的人间草木，种在了福建武夷山天心岩九龙窠的岩壁上？

作为邹鲁之地的农人，多年以来，父亲在邹东山区故乡那片瘠薄的丘陵地上，面朝大地，春耕夏耘，秋收冬藏，辛勤而恭谨地劳作着。

前年秋天，他决定重建他的宅院。

我和姐姐以及孩子们对他的决定全力支持：我将自己护驾山东坡寒舍茶室里耐泡的武夷山乌龙茶带回老家，供父亲和给他建房子的泥瓦匠们喝；姐夫和姐姐以及孩子们也多次到父亲的建筑工地上去，力所能及地搭把手，帮些忙。

那年冬天，我想带在乡野种田的父亲到福建，去爬武夷山——去福建，是想为父亲在乡村新建宅院讨个好彩头：福建，福建，祈愿父亲兴建宅院这样的“大工程”对他来说是“幸福的建设”；登临武夷山，则是了却我访武夷山、问大红袍的夙愿。

早年，我就在网络上看到过福建武夷山大红袍的传说：公元一三八五年，明朝洪武十八年，举子丁显上京赴考，路过武夷山时突然得病，腹痛难忍，巧遇天心永乐禅寺一和尚。和尚取其所藏茶叶泡与他喝，病痛即止。考中状元之后，丁显前来致谢和尚，问及茶叶出处，得知后脱下大红袍绕茶丛三圈，将其披在茶树上，此茶故得“大红袍”之名。

丁显用锡罐装取大红袍带回京城。状元郎回朝后，恰遇皇后得病，百医无效，便取出那罐茶叶献上。皇后饮后身体渐康，皇上大喜，赐红袍一件，命状元亲自前往武夷山九龙窠披在茶树上，以示隆恩浩荡；同时派出专人看管，采制茶叶悉数进贡，不得私匿。从此，武夷岩茶大红袍就成为专供皇家享用的贡茶，大红袍的盛名也被世人传开。

父亲也许并不明了，我想和他一起去福建，是为他新建宅院讨个好彩头的用心——父亲没有去。他说现在建房正需要用钱，他还要趁冬闲时节翻整自己所种的那几亩田地，准备明年春天的播种。

后来，读到大才子袁枚的一首《试茶》诗：

闽人种茶当种田，郄车而载盈万千。
我来竟入茶世界，意颇狎视心卣然。
道人作色夸茶好，磁壶袖出弹丸小。
一杯啜尽一杯添，笑杀饮人如饮鸟。
云此茶种石缝生，金蕾珠蘖殊其名。
雨淋日炙俱不到，几茎仙草含虚清。
采之有时焙有诀，烹之有方饮有节，
譬如曲蘖本寻常，化人之酒不轻设。
我震其名愈加意，细咽欲寻味外味。
杯中已竭香未消，舌上徐停甘果至。
叹息人间至味存，但教卤莽便失真。
卢仝七碗笼头吃，不是茶中解事人。

这首小诗，虽然不像他在《随园食单》中比较武夷茶与龙井茶、阳羡茶的茶话那么有名，也不如他的许多名篇精彩，但我读来，每每总觉得口中茶香朴醇、心底温津涌动。

福建，武夷山，大红袍，总叫人念怀不已。

一个夏日，我于庄周午后的清梦里，挟裹着一身邹鲁之地的儒风，恭谨地来到福建，抵达武夷山，访山问茶，像种茶当种田的闽人一样，为我的父亲祈福，体味袁才子武夷茶诗中的“有节”、“味外味”，体会到不能卤莽品饮方能得着的这武夷山茶的人间至味。

品过武夷山大红袍高贵而醇朴的岩骨花香之后，南怀瑾先生的一段话，更让我心向往：

“佛为心，道为骨，儒为表，大度看世界。技在手，能在身，思在脑，从容过生活。三千年读史，不外功名利禄；九万里悟道，终归诗酒田园。”

结语：茶禅一味

学步庄周，逍遥游归来，在那条连接孔丘的东方圣城与孟轲和我们共有的城池的孔孟新道上，回味这一路读城访山问茶的行旅，再看再听再想孔孟桑梓之地的儒意风华：在这片黄水过后文脉悠长的土地上世代延续、生生不息的人们，发声峄阳、响彻华夏的孤桐琴音，孟庙孟府孟林的黑夜和白天、古树和苍鹭、春花和秋月，南关的鹁鸽楼，北关的重兴塔，凫山的爷娘，峄山的桃花，凤凰山和越峰山的佛性，葛炉山和三仙山的道禅，上九山的石屋，圣土山的圣泉，因利河、小沂河的游鱼和鸿山的禅寺与水母，孟子湖的晨曦和溪湖的夜色，古码头的清梦和蓝陵城的复兴……一时间，他乡的山水城池，他乡的山野茶趣，仿佛都已随他乡的先贤，风流云散去。

生活在别处？吾心安处是故乡？

在邹鲁之地护驾山东坡寒舍的书房兼茶室，学苏轼，以扬州五泉水瀹杭州西湖龙井茶、滁州西涧春雪茶、扬州绿杨春茶、黄山毛峰茶和武夷山岩茶，夜饮东坡。掸一掸二〇一二年在博雅社恭谨地从高善东先生手中接过的孟子文学奖奖杯上的灰尘，默诵乡贤孟轲养浩然之气的句子，忽然有蝴蝶飞过茶室窗口。

一时不辨，何者为物，何者为我。

斯文在兹。邹鲁之地，儒风清扬。他乡圣贤的茶味禅心里、山水清音中，见慈悲、觉逍遥，更能或隐或显地感知中庸、仁爱、亲民的儒魂……

人们究竟能不能彻悟一盏茶里的禅机？或者洞明尘世中卑微或高贵的生命的要义？

千种修行入禅门，都随赵州吃茶去。茶境如禅境，没有止境。一盏茶，端起品饮，世间万事具足；喝罢放下，身心共玉宇澄清，可算得着茶之真味？

邹鲁之地，儒意悠悠，儒风逍遥。

闲来松间坐。

只有赵朴初先生的教诲言犹在耳："万语与千言，无外吃茶去。"

心清一碗茶。

邹鲁之地，天时，地利，人和。

——当下，让我们就随那赵州，吃茶去。

美术馆东街，夜读三联书店

庄生小乔

在美术馆东街，我看见的，是月见草吗？

巴黎的水和东京的水，埃菲尔铁塔旁塞纳河畔的无名女子和东京铁塔边富士山下的日本女郎，大约并不是一样的甜美吧。

对于在美术馆东街三联韬奋二十四小时书店读书时觉到口渴的我来说，一边腹诽如此昂贵的巴黎矿泉水，一边想着旅行攻略里说到的日本和法国酒店里可以直饮的自来水，一边惦念着贾宝泉先生主持《散文》时选编的那本《塞纳河畔的无名女子》中的女子以及铃木保奈美女士若干年前出演的《东京爱情故事》里那个叫赤名莉香的女郎，一边到书店对过的便利店里选了一瓶菊花柚子蜂蜜茶和一盒牛奶。

万般皆下品，唯有读书高。迅猛地消渴、站在深夜帝京的星空下伤春片刻之后，重新走进书店时的心情，真的是相当的复杂。

对我来说，书非借不能读，也非买不能读。朋友中有几个一直在看电子书，并且告诉我，纸质书籍的消逝是迟早的事，电子书会一统读书人的江湖。

我不排斥无纸化阅读的电子书，但也一直没有接受。电子书在网络上存在着，纸质的书也开始大量地在网络上叫卖。我也在持续从网络上购买纸质的书籍。

进到书店里，沉下心来，捧一本纸质的书安静地阅读，匆忙的现代人似乎很少有这样的享受了。因此，离开熟悉的小城，到外地或大或小的城市里，我总愿意找间或大或小的书店，踱进去，翻上几本入眼的书。

知识无终点，读书不打烊——帝京的三联韬奋二十四小时书店，在向台湾的诚品书店学习。而最近看到的一则资讯说：在盈利之前，台湾诚品书店在亏损中坚持了整整十五年——十五年，一个十岁的孩子，都已经长大成人了。

三联书店里，貌似来蹭书的高校学生应当不少。他们找一摞书来，放到面前，一边翻一边拍照，连做笔记的工夫都省了。

我在三联书店里以站着、蹲着、坐着等各种姿势胡乱地翻了各种各样的书，看了进店读书的年轻旅行者、文艺中青年、各类学生等各不相同的夜读情态。

观书即是在读人。观人亦是在读书。

不知不觉时已近拂晓。选选想要的书，准备打道回宾馆——新的一天，我们在帝京的生活即将开始了。

给女儿买了精装版《寄小读者》《名师教你写日记》；给外甥买了《父与子全集》《山姆大叔美国》；给自己和朋友们买了三联书店藏书票和《中国古代思想史论》《写给大家的中国美术史》《论信托》《谈美》几本书以及《三联生活周刊》《读书》《粤海风》《佛教文化》等几本杂志。

五月二日拂晓五点半，结账之后出了三联书店，帝京刮了一夜的风，呼呼地扑面而来。

风有些冷。走在帝京的大街上，忽然再次想起，月色中的月见草，或者塞纳河畔的无名女子。

帝京一直都不曾沉睡，自然也谈不上醒来。

街道上偶尔有随风飘过的人，稀稀落落。古旧的琉璃瓦顶的城楼上空，是蓝天；天上飘着几朵云，被即将初生的太阳染得金黄。

新的一天，帝京难得的好天气。

上九山村行纪

庄生小乔

翻过一座稍高一点的山头，再过一个稍矮一点的山头，安静的上九山村，连同那些在时光中沉静着的石头，就在我们三个成年人心中所想到的和两个小孩子未曾想到的那个位置出现了。

安静的上九山村，就像一个年长而健朗的前辈，斜斜地倚靠在山坡上，目不转睛地望着远方，静静自处，沉默无语。

出行之前，我在脑海中想象了一下上九山村的样子，想了一下我出生的村庄的样子，大体预判了一下两个村庄的区别和相似之处。只是大体想了想，未作深思——其实，即使深思，也是不能想出一个所以然来的。因此，在我的心中，她们的异，不是泾渭分明；她们的同，也不是如出一辙。

正因为曾作如是想，所以当我们一行五人在山坡上与上九山村不期而遇的时候，我的感觉，就像在回乡的路上，遇到了那些散落在大地上熟悉的乡村一样：她们自在从容，我自安静欢喜。

村庄，是那些串联在我们这些乡村长大的人们少年时代之前的记忆项链上的珍珠。远离了那些村庄，或者说那些村庄消失了，感觉就像那串串起童年少年时光的项链上的珍珠散落一地，落到我们再也寻不到的角落里去，从此，我们的成长记忆便不再完整，我们似乎再也无处安放自己后来长成的青春。

我带了童年的女生淑涵和少年的男生成杰，与中青年的刘涛和云蔚兄一行人等，一起到这个唤作上九山的村庄来，是要找那串散落的项链上，某一颗闪亮的珍珠或者说记忆里的某一个片段么？

也许是。也许不是。

从上九山村西边无名的山坡上下来，坐在用石头围起来的柏树和桑树下乘凉休息。近望上九山村，我想，这两山之间的某一所老旧的院落，是否有一个也像我记忆中最深刻的院子？

所有的目的地似乎都是在不经意间抵达的。从西坡下，我们很快就与上九山村最西边的院落近在咫尺了。踏上石路，进入村庄，满眼都是石头：石头的街巷，石头的院墙，石头的房子，石头的饮马槽……在静寂的上九山村里，大小不同的石头，安静地保持着固定的姿势，构成村庄繁复而简单的几何形状；墙角的杂树、街边的野草，墙头的仙人掌，在渐渐冷清的村庄里，靠着天赐的阳光、雨水和空气，倔强地努力生长。

我带着童年的女生淑涵和少年的男生成杰，往上九山村的另一条街巷里去，作为一个中青年大叔，我想和“童年及少年”一起，在石头的乡村里，漫无目的地走走。

我总觉得，每一个还保持着淳朴面目的村庄，每一个还执守宁静的山村，闭上眼，我都能听到其中的那些街巷清晰的脉搏——是的，村庄的街巷，就像我们身体里的血管，将手指把在腕部，我们就能感受到自身血液的涌动。同样，村庄里的人们，就是村庄里涌动的血液，即使是常住人口越来越少的上九山村，我仍能听到街巷的脉动。

我们三个漫步向村庄南行。

我听见北边的街巷涌来温暖的风，风中挟裹着夏天的气息。转头看时，一个上身穿红衣下身穿黑裤、胖胖壮壮的乡村大嫂，肩上扛着铁锨，健步走在石头的街巷中。她看到我们仨，低头绽开了笑容，不知道这位乡村大嫂，看到我们，是感到好笑还是害羞。

她的男人是个黑黑瘦瘦的标准庄稼人，跟在她的身后，也是淡淡地笑着，转向上九山村的另外一条街巷去了……

他们都走远了，消失不见了，我突然恍惚：刚才跟在媳妇身后的那个乡村大哥，推没推着一辆独轮车？

在上九山这样的村庄，独轮车是应该出现的物什——它适应窄窄的街巷，适应颠簸的石路，适应村庄街道的起起伏伏。

那一枚在上九山村摘下的还未成熟的无主梨子，我一口一口地吃完了。在乡村，它和我一样，只沾染了雨露阳光和山村的微尘，我相信上九山村这一枚梨子的纯净无染，我品出了上九山村这一枚梨子中饱含的岩韵土性。

南行至上九村的边缘地带，我们折返往北，在双井，我们五人重新会合。

几年前，《齐鲁晚报》用了一个整版刊发了王次勇兄的图文，好像也是介绍上九山村，题目好像是到双井看深井，也或者是其他，我记不清楚了。最近，又在《齐鲁晚报》上看到路建锋兄关于上九山村的乡游图文，两版文字里好像都提到了上九山村的井。

因此，上九山村的双井，脑海里早就有了影影绰绰的样子。

及见时，果然，井就是曾想的或者曾看的那个样子；只是，周围的树木，比想象中的，低矮了一些；井边的路，没有想象中沧桑的样子。没想到的是，井边还立着一块民国时期的碑。

从双井再往东北行约二百米，我向上九山村一位老人借自来水或者井水。和那位老人的沟通相当困难，她的方言，我基本没听懂；我的邹普，估计她老人家听着也费劲或者也是根本听不懂。但是，水还是借到了——而且是盛夏里滚烫而温暖的开水——一个满头大汗的人，提着一个空杯子站在门口，即使嘴里不哇里哇啦地说什么，估计善解人意的老人家，也是懂我这个到上九山村来逛游的人，是什么意思的。

纯朴良善的人们，总让我们看到石头做的上九山村坚硬的外表下面，柔软而温暖的内心——那些至今还守着古老乡村的人们，那些乡村里抱朴守拙的人们，那些乡村里与世无争的人们，彰显着村庄恒久如一的品性。

对在乡村长大的男人们来说，乡村意味着什么？我在结束上九山村的漫行后，走在村南的玉米地里时，默默地想。

我没有想明白，只想到了几个关键词，它们是：大地。父辈。生命。血脉。流动。砥砺。生长。传承。

还有：感恩和回归。

高密的日月光

庄生小乔

二〇一七年初夏，母亲节前日，去高密乡村，到平安庄莫言先生旧居朝圣。同行者，冠者五六人、童子六七人。拜先生父兄，聆先生旧事，遇凤舞夷安，翌日咏而归。

《作品》的两笔稿酬，在高密平安庄日月的光芒里，让双手合十、朝圣文学的生命，发着光。

高密那日的日光，明照。

高密那夜的月光，很美。

到高度与海平面基本齐平的高密平安庄，去莫言先生出生、成长的那个村庄、那片大地里，走一走，看一看，是王十月先生青眼有加于 2012—2014 年间与文友三人同行山水文字间的周日文约文字结晶中 6 万余字头条刊发于《作品》杂志之后的一个念想。这个念想与文字有关的其他念想在我的脑海中盘桓许久，让我和孩子们对高密之行充满了向往。

有一天中午，我和云蔚在访书店的路上，我的手机里收到信息，《作品》杂志 3 万多元的稿酬扣税之后，已到了银行卡上。第一次收到如此丰厚的稿酬，第一次因为稿费收入为国家纳这么多税，第一次觉得稿酬收入给自己带来胜于资本市场 N 倍所得的由衷欢喜。

关于《低处的高贵：相约写作 100 周》在《作品》杂志头题发表，

于我而言，发表特别是得到王十月先生的肯定和鼓励，便已是最大的收获了。稿酬之类，更是意外之喜。收到稿酬单，《作品》杂志社师友给了几乎算小长篇文本的《低处的高贵》千字500元的最高稿酬！还有那6万余字刊发之后，杂志社师友王十月和周朝军先生微信策划的专访，向南方报纸所作的推荐，以及前期在《文学报》的预先推介……所有这些都让我的内心充满感恩之情。素未谋面的南方名刊名编垂青名不见经传的我们，推我们至头题、给我们最高的稿酬、给我们做专访，各种抬爱与鼓励。

除了感恩，除了奋进，我们还该好好地用《作品》赐予的那笔丰厚的稿酬，表达我们的深谢——对一路同行的人们。

我将那笔稿酬的花法，或曰支出方式，在心里粗粗地计划了一下。而后，首先跟我的姐姐说了说，姐姐表示了支持。后来，又和临涧、云蔚及青素，大略地说了一下，三友亦赞同。我们几个，因为文字的坚持，发表了作品，收到了《作品》杂志的丰厚稿酬——用这笔花起来特别自豪的收入，做一些好事情，为什么不呢？

到高密平安庄，带着我们几个的家人，带一颗虔诚的心，来一趟文学的朝圣之旅——是这笔《作品》稿酬重要的支出方式之一。

从至圣先师孔子的东方圣城出发，只需三个小时，即可到达我们内心的文学圣地——莫言先生的故乡——高密市大栏镇平安庄。

出发之前，我已在网上事先搜索了关于平安庄关于莫言先生旧居的许多资料，还将莫言先生生活了二十多年的那个院子那所房子与中国大地上我所见过的所有乡村院落作了比较。

它们有什么大不同吗？并没有什么大不同。

它们一样吗？它们也并不一样。

莫言先生出生、成长的院落，怎么可能与那些寻常的院落一样呢？

莫言先生出生成长的院子，又怎么可能与乡村那些本色朴素、拙守农人的院落不一样呢？

莫言先生旧居，有同，又有大不同。

——到得那座早已心仪许久的院落，熟悉的故乡的味道扑面而来：莫言先生旧居，与邹东乡村许多从前的院落，拥有共同的模样：土筑的院墙和屋墙，木制的梁头、檩条、苇箔上承着遮风挡雨的红色屋瓦，木制的屋门和大门，大门上有一个简易的起脊大门楼。院子里有一丛蔷薇，西北方向是高大的树，下面倒扣着两口缸。院子东边是一组石磨，院外的不知名的树，探到院子里来。

我们一行十一人也探身到莫言先生的老房子里去。所见，都是我所曾谙熟的样式与物品——除了烧火的炕有些陌生外。那些家什：煤油灯、穿衣镜、独轮车、犁铧、镰刀、收音机、衣柜等等，都那么亲切，让人想起，小时候，那些从前的时光……

朝圣的姿势，一种，大约是让圣地唤起从前的记忆；另一种，大约是，让自我的内心，再于当下，思索些关于未来的东西……

未来的我们，和当下的我们，一样都是活在衣食住行里——理想的生活一种，是更理想地活在更好的衣食住行里。

一笔《作品》稿酬的N种支出方式之一，便从衣开始：我转给姐姐1800元，请她给我们的父亲，和其他亲人，各买件朴素的衣裳。后来，父亲来，我和姐夫又带他去买了另外的衣裳。食亦同时进行，我约姐家三口和父亲小聚一次，对他们在我写作过程中给予的支持和理解表示自己的一点心意。他们的欢喜，成为我更大的欢喜。

带家属和孩子们，于这个小城最高大上的择邻山庄，共聚谈心，是食之一种。之所以选在择邻山庄，主要是想让孩子们特别是女孩子们，到高端一些的地方去，感受良好的服务和优雅的就餐环境。况且，这里还是以贤母故事命名的山庄，而我们的文约又是以拜谒贤母开始——席间，稿酬发放表签字，给孩子们各发100元的感谢和鼓励红包，分发刊登专访稿的《邹鲁作家》《济宁日报》，分别收藏

2012年产和2014年产的大益普洱茶……感谢感恩的话、祝福祝愿话、鼓励加油的话……吃得很好、喝得很好、谈得很好，大人和孩子们，感觉都挺好……

在莫言先生旧居，我内心感觉更好。如果不是考虑到会影响到先生旧居朝圣的其他人，如果不是担心孩子们看了会——也许会觉得诧异，我想在先生旧居堂屋门内跪下来，伏下身去，匍匐在先生生活了二十二年的那所房子里的土地上。我想听听大地的声音：那里应该有先生出生时的第一声啼哭，那里应该有先生迈开第一步时的欢笑，那里应该有讲故事的人们讲故事的声音……因为旧居的那片土地、那所院落、那座房子、那些家什、那些曾在还在和曾在已不在了的人们，因为所有这一切投射到先生作品中的影子，让先生，成为不一样的先生。

不一样的先生，让莫言旧居、让平安庄、让高密成了不一样的存在。

是的，与莫言先生有关的一切，都成了不一样的存在。

像大多数人们一样，我也会在这与莫言先生有关的不一样的地方，照张像所有人一样“到此一游”的相。我们同行的十一个人，都要照张到此一游的相片。

在高密市凤凰大街的宾馆里的飘窗上，我望着高密的月光，给几个朋友发去信息：高密今晚的月光很好；莫言先生的平安庄，乡村的月光，更美好。

翻看日间拍下的照片，在高密城里的月光里，脑海里同时在想平安庄此刻的月光，莫言先生旧居院子里的月光，旧居屋顶红瓦上的月光……

记起王十月先生从前写下的一篇散文——《总有微光照亮》——生命中，总有那些温暖的微光，照亮我们的内心和前方……

突然有一道光映入高密的月光下我的眼——那是日间，在莫言先生旧居，与先生的哥哥管谟欣前辈合影时，有一道不知来自哪里、如何形成的日光——特别明亮的光，斜照在我身上。

我在欣赏很美的高密的月光时，发现一道让我感觉到神秘的莫言先生旧居里照在我身上的日光。

母亲的目光，多有日光的温暖。日光有多暖，一个男人——无论是莫言先生，还是我——就有多怀念已逝多年的母亲。怎么能不让人怀念呢——她们爱怜的目光，曾像高密和邹城恒照的日光，温暖我们的童年、少年时代……

我的姨母的目光里，有像高密的日光、邹城的日光和母亲的目光一样的暖。姨母一生操劳，及至老年，她的目力渐失，脑力亦渐失，渐渐归于无明无辨的婴孩之境——或者说，姨母已然成佛。她已成了我的现在佛。

《作品》稿酬的 N＋1 种支出方式里，敬我的现在佛是必有之计。姨母过 66 岁寿时，我已计划送她一尊小金佛。姨兄给姨母过寿时未扩大范围，只他们一家人在一起吃了顿寿宴。金佛便未送成。这次得了稿酬，选了一个 3.65 克的小金佛，于春日的某个午间给她送去——在她身边吃顿便饭，我又在她已然无明的眼睛里，感受到先慈眼中的暖……亦祈愿人世的亲友们，365 天日日安雅……

对一个寻常或神圣之地的朝拜，我常怀平常之心与虔敬之意。就如，无论是在这人世寻常一日里，或是不寻常一天中，我都愿在日升月落中，恭敬地双手合十，致意温暖的日光和美丽的月光，感恩日月明照、大地安详、文字静美、人世安澜……

2017 年 5 月 20 日赴厦门大学学习途中

夜读，那些照亮生命的灯火和城池

庄生小乔

穿越文字的丛林和城池，有多少种可能的姿势？

到世界去——与前贤秉烛夜谈——谈谈这尘世的黑夜，和白天。

“你准备到哪儿去？”

“哪儿都可以。”

“自己选吧。”

他慢慢地转着地球仪，仔细地看了看，然后问：“你还有没有别的地球仪？”

——这是在说走就走的旅者和状若思想者的文青之中，广为流传的一段佳话——据说，转地球仪的男人是米兰·昆德拉，与之对话的人是捷克移民官。

米兰·昆德拉应该是没有看到另外的地球仪。他最终选择了目前为止唯一的一个地球仪上，那个叫法兰西的国度——他离开捷克，去到了浪漫之都。

巴黎。

巧合得很——在我不常有的离开孔孟之乡孟子故里这座小城，到世界——不，应该是国内——各地去旅行兼读书的行旅中，第一次到帝京三联韬奋书店 24 小时书店夜读，深夜站在美术馆东街帝京春日的星空下，也曾想到巴黎——以及，少年时代极其渴望看到的一本书：《塞纳河畔的无名女子》……

——这一细节，记录在中国煤矿文联 2017 年第 6 期《阳光》杂志刊发的拙文《美术馆东街，夜读三联书店》中。

齐鲁的百合灯下，我找出《阳光》，看到那些记录自己帝京行旅夜读的文字中，飘忽的只言片语：“……出了三联书店，帝京刮了一夜的风，呼呼地扑面而来……”

让风吹。

吹动天边飘过的云。

让风吹。

吹动红尘漂泊的心。

最近的夜读，在福建——海风遍吹的厦门大学。

鲁迅先生到厦门的第一天晚上，给在广州的许广平先生，写了一封信。他在信中说：“此地背山面海，风景佳绝……”

——那是一九二六年九月四日。

我读两先生的《两地书》，是在十六七岁——彼时是在一九九零年代中期。春天或者夏天，风起的夜晚，我独坐在电灯下，读到鲁迅先生“独坐在电灯下，窗外大风呼呼的时候……”的时候，少年的自己，一定，曾经有美好的会心。

只是，那时，作为一个十六七岁的少年，自己一定不曾想到，二十多年后的二〇一七年，自己会到“背山面海，风景佳绝”的厦门大学，拜望一座城池、一所大学和几位先生，并于“窗外大风呼呼的时候”，在芙蓉湖畔的科学艺术中心大教室里，读书，听讲，学习。课余，再踱进厦大校园里的“晓风书屋”，与流连在书屋电灯下的旅人和厦大学子，一起夜读，一同听风……

在厦门大学学习期间，我去晓风书屋六七次：两次与一起学习的鲁地滨海城市——日照的同窗贾兄偕行；余皆予独行。

初时与贾兄同往。寻了许久，才于近厦大西门的群贤楼楼群的一楼，得见晓风书屋。

晓风书屋并曰不止书店。

在来之前，我已知道，书屋不单卖书，咖啡空间里亦有现磨咖啡供应。

待到寻得，一见，晓风书屋确实“不止”书店：三（四?）进的小巧店面，左右两边各有两扇门——右边门上“晓风书屋”的招牌，和左边门上“不止书店”的招牌，一样低调简单。进屋穿行环视，晓风书屋果然小，四（三?）进开间，总共不过一百平方米左右的样子。前两进空间墙壁上的书架里，满满的各类文学艺术、经典畅销书；东西墙边的货架上，亦有厦大的笔记本、钢笔、书签、文化衫、旅行背包等纪念品在卖；各进之间隔墙前的货架上，更有各种味道的香水、闽粤之地小巧的特产、香氛蜡烛、贝壳工艺品等五花八门的东西在卖。

午间，店里的顾客三三两两，并不多。书店里的读者，大多是旅者；而店员，则清一色都是厦大的在校生。

我和贾兄进店之后，各自逛去。

与一家书店初遇，我通常会先感受一下整店的布局；然后，根据图书和店中所售物品分区，粗粗浏览；接下来，就是走到自己最感兴趣的书架前，用目光，细细摩挲书脊，动心的，会抽出来，看一下封面——时下的许多书，都会用塑封包装，书店一般不会许可读者撕开塑封浏览书里的内容。此举，倒是可以保证图书崭新干净；但是，也有可能因为看不到书中的精彩，而让读者失去购买的意愿。

各有利弊吧。

我在自己感兴趣的书架前流连了许久。到咖啡间的时候，贾兄已经先至柜台前。我们都要了拿铁。贾兄抢先付了账——本来，约贾兄来寻晓风书屋，说好我请他喝杯咖啡的。

到最里面一进的咖啡空间，在南墙一通条的长桌前坐定。少时，咖啡做好。我与贾兄，就着他在厦大校内商店里买的双份的鲜果，消磨，或者说雕刻，生命中的这一段午间时光……

在晓风书屋读了几个中午和几个夜晚。某天中午，我与贾兄一起，到书屋上面的二楼拜谒先生去——鲁迅先生纪念馆，即在晓风书屋上面的二楼——我在留言册上写下"来拜先生。庄生小乔 2017 年 5 月某日"，即入馆中，拜瞻先生厦大遗踪。

——肯定是要去看先生曾经的行止之所的。这是我自孔孟之乡孟子故里这座小城出发时，即打定的主意。到得厦大之后，倒并未急着去寻先生的纪念馆。因为，进入校园的第一天，我即见到了先生的雕像——肃立驻足，垂手屏息，轻轻俯首——在心里，深深地鞠了一个大于九十度的躬。

我见先生雕像如见先生。

应如是。

在厦大校园里，每日从先生雕像前往来四趟。

每每经过，我都恭谨地远望先生，在心里，深深地鞠一躬。

先生并不看我。

也不看同行的诸位同窗。

他操手而立，微微仰着头，目光望向高远的地方。

顺着先生北望的目光，我能看见山阴，看见东湖，看见少年闰土，看见咸亨酒店，看见孔乙己，看见药引，看见长妈妈，看见许许多多……我也能听见社戏开演的喧闹，听见皂荚树高处的蝉鸣，听见墙角蟋蟀的叫声，听见三味书屋里的朗朗童声，听见乌篷船划过水面的声音，听见银针"嗖"地一声飞出去又"嗖"地一声飞回匣中……

一九九〇年代末，我在煤矿井下做矿工。其时，煤矿效益很差，每月领微薄的薪水。下班之后，我在夜市的地摊儿上，买了两册《中国文学史》旧书；又在小城的风雅颂书店里，买了一本全新的《中国小说史略》。

在厦门大学，鲁迅先生只工作生活了四个多月——《中国小说史略》便是在此间编写而成。先生担任厦大国文系教授和国学研究院研究教授，开设了中国文学史和中国小说史两门课程。此间，勤于笔耕的先生，除了编写《中国小说史略》，还编写了《汉文学史纲要》教材。此外，先生写出了历史小说《铸剑》《奔月》，更有对我影响至深的散文《从百草园到三味书屋》《藤野先生》等精彩篇什成稿，还出版了小说集《彷徨》、杂文集《华盖集续编》……

先生目光北望的同时，应是更惦念厦门之南的广州的“小鬼”——许广平先生。

1927 年 1 月 16 日，鲁迅先生离开厦门大学，往广州去。

90 年后的端午节前夕，在午读、夜读过厦大里的晓风书屋（不止书店）、湖畔咖啡厅、1921 咖啡馆、时光若刻咖啡书吧等几家咖啡图书空间之后，在拜瞻过鲁迅先生在厦大的纪念馆之后，我离开厦门大学，回鲁地去。

什么时候，能再与日照的贾兄重游厦门，重访“背山面海，风景佳绝”的厦门大学，拜望此地的师长与校友。而后，再到晓风书屋里，坐在电灯下，窗外大风呼呼的时候，听着海风喝杯咖啡，读本照亮生命的书……

甬城临海，亦多风吹。

去岁夏末，黄昏风起时分，辞别鲁迅先生故里绍兴，我和家人，带孩子们，往宁波去。

“海定则波宁。”——鄞县读书人单仲友于明洪武十四年给太祖朱元璋的建议被采纳——史上的明州府，从此改称宁波府。

宁波之名，自公元1381年始，沿用至今。

我往宁波，一为拜瞻名扬天下的天一阁——少年时曾到江北水城的海源阁，彼时即已耳闻——天一阁里的藏书，可谓丰矣。

再者，为了走一走宁波解放南路——我要寻一个从前少年的影踪——寻他在宁波这座城池里这条被唤作“解放南”的平凡之路，曾经留下的踪迹。

抵达宁波，暮色四合。我们到宾馆落脚，出门在街角吃过晚饭，家人们回宾馆房间里休息。海风习习的夏夜，我一个人出门，到这座第一次到访的城池的夜色中，独自一人，以朝圣者的姿态，徒步寻天一阁去。

自然寻得。

绕墙而行，听一阁之中思想充盈的孤本珍本善本古籍的跨世酣眠，听一阁之外货币统领的钢筋水泥机车以及红男绿女的众声喧哗。

我向来以为，读城、读人、读街市、读众声，是更生动的读书，是更入世的阅读……

隔日日中，与家人所见，天一阁中诸多书墨，即是这人世繁华或破落的城池、兴旺或凋敝的民生、热闹或冷清的街市、冰冷或温暖的人情，在易朽的纸张和不朽的碑刻上，貌似永恒的、千姿百态的逗留。

千般风景都看透——要等到何年？要等到何月？要等待多久？

——在熙熙攘攘、车水马龙的宁波解放南路，在当时少年驰骋的资本江湖，我仰望长空，看着渺远的银河，恭恭敬敬地问天。

(风往北吹。

我下扬州,时在秋天,未能赶上阳春三月烟花随风飘舞的胜景,也未能赶上入夜之后扬州东关街的城市书房对我和女儿我们两个来自孔孟之乡孟子故里的读书人的开放……)

风居住的街道。是一首日本的曲子。

一听之下,总叫人想起村上春树、紫式部、夏目漱石、清少纳言、吉田兼好、大江健三郎……

——当然,更会有,川端康成先生。

——如何能忘记,几年前冬天的某个夜晚,应该是很深很深的夜,我在书房节能灯的冷光下,读川端康成先生的《伊豆的舞女》;以及,读过之后写下的《夜观〈伊豆的舞女〉》和《生命的答案在谁的手——在音乐中夜读川端康成》;还有,这些篇什刊发在广东羊城2017年第2期《作品》文学月刊之上,给自己带来的光……

我总感恩那些与自己偶然相遇或者刻意相逢的城池,我更恭敬那些与自己偶然相遇或者刻意相逢的城池中照亮身心的书店里的点点灯火——

在那里,日阅,夜读,城池、书店、书中的灵魂,无不发出烛照生命的光芒!

护驾山东坡,齐鲁的百合灯下,我在深夜读《阳光》。

再次看到那些记录自己帝京行旅三联夜读的文字:"街道上偶尔有随风飘过的人,稀稀落落。"……

抵近肉身和灵魂之师

庄生小乔

……你必终身劳苦，才能从地里得吃的。
地必给你长出荆棘和蒺藜来，你也要吃田间的菜蔬。
你必汗流满面才得糊口，直到你归了土；因为你是从土而出的。
你本是尘土，仍要归于尘土。

——《圣经》

要有光
要有空气
太阳、月亮
和星星
这低到最低处的土地
才能生长
青草、菜蔬
和树木
才能生长
飞鸟
和鱼
才能造牲灵

才能造人

幼年
骄阳之下
在泥土中玩耍
我曾听见
父亲和母亲的汗珠
滴落到他们劳作的土地上
摔成八瓣，叮咚作响
湿润的泥土中
裸露出
养我命、他命、众生命的
春天播下的种子
这是田地给予我们的恩赐
这是大地赐给我们的供养

少年
故乡东坡的田地上
不懂事的我
曾拒绝母亲的安排
拒绝低下头去
弯下腰去
向养我命的乡村土地
谦恭俯首，卑微称臣
烈日之下
站在大地之上的母亲

像我始终敬仰的神安泰一样
干净利索地赐予我
一个有力而响亮的巴掌
至今
每当自省惊觉
我对泥土和大地
不够恭敬
不够谦卑
不够热爱
故土东坡上
母亲赐予的那一记耳光
都会再一次温暖
响亮耳旁

青年
我在泥土之下
煤矿三百米深处
巷道昏黄的灯光中
看见大地上的事物——
原始丛林
巨型恐龙
可爱小兽
元谋人
北京人
以及山顶洞人
——一场山崩地裂的狂欢

是毁灭
也是亿万年之后
青年之我
眼中的蝶变——
三百米深处的乌金
在离地心更近的地方
完成了一次
寂静与黑暗中的
涅槃
重生
——煤炭给了我黑色的眼睛
我一定要用它
寻找普罗米修斯
引燃光明

中年
我竟然才发现
青年的时候
我失去了母亲
小时候
断乳
我记得
是那样疼，痛
可是，我忘了
母亲
哪一年

哪一天
那一刻
离开我们
重新归尘
我只记得
她的肉体
在那一天上午
与我们诀别
去赴一场
青烟的飞升
焰火的重生
归于故土
重新作尘

老年未至
向不惑，素衣夜行
翻动旧年的日记
抚摸生命的原木
一道道年轮
已然可见
《圣经》里
太阳底下，已无新事的句子
在生命的纹路
或灵魂中，忽隐忽现
一切终将
安息

你，我，他
本是尘土
仍要归尘

孩子们还在成长
要有光和空气
要有太阳、月亮和星星
要有青草、树木和菜蔬
要有飞鸟、牲灵和鱼

要有人
要融身泥土
要从土而出

还是要有人
还是要融身泥土
还是要从土而出

要记得热爱，感恩大地如尘

致淑涵书

庄生小乔

我有一个对我而言至关重要而且特别远大的人生理想：那就是——一生永远和你做朋友。

亲爱的朋友（淑涵、这位同学、小朋友、奋斗吧少女、庄淑涵、美羊羊、大王、小公举、将军、小肥羊、哎、美女、你、小兵、这位姑娘、嗨、狗蛋儿、小施主、小庄老师……）：

我是希望一生永远和你做朋友的老朋友（庄生、传乔、庄传乔、庄生小乔、爸爸、老庄、大叔、老爸、大哥、老人家、董事长、老村长、兄弟、老板、老庄同学、哎、主人、你、当家的、少年……）。

你和你的老同学们在山青过得一定很欢乐吧？你去了山青，家中只有你妈妈，我转来转去。房间里少了你的身影和声音，我们俩还真是觉得有那么一点点孤单和寂寞。

我和我的小伙伴们暮春时节第二次开始的相约写作，这一期的命题，因为赶上六一儿童节，你顾大爷布置了“给孩子写一封信”的作业。我就在因为你不在家而感到的孤单和寂寞里，开始做我们大人的作业——给你写一封长长的信——作为你的朋友，我想和你说的话太多，即使是一封很长很长的信，即使我写一辈子，可能也无法把我想跟你说的话，完全说得完……

我把写给你的这封信，标题确定为《致淑涵书》——这样的题目，我想是适合一个亲密的大朋友，和一个正在快速成长的小朋友，通过书面文字以各种语气来谈心的。

作为拥有“一生永远和你做朋友”这样远大理想的老朋友，我最想跟你说的话，就是希望你一生都要努力学习掌握各种有益的知识，持续不断成长，知敬畏，懂分寸，怀感恩，知书达理，做一个强大、睿智而明澈、善良的人。

热爱学习，是一生的事情

亲爱的朋友：

首先，我们来谈谈“一生的学习”吧。

不知道你还记得吗？那年夏天，你八岁，我们一起，带妈妈去北京天坛医院看病。等待检查诊断结果的那几天，我们一起推着妈妈去天安门广场、到三联24小时书店夜读。在三联书店，我们俩一人办了一张三联24小时书店的会员卡。你自己选了什么书，我都忘记了；我选的书中，有一本就是《一生的学习》——我是自己想读克里希那穆提的书，也是想用一本书的书名告诉你：孩子，学习，是一生的事情——热爱它吧！

亲爱的朋友，你现在进行的小学阶段的学习，是在为你能变得更强大打好基础、找到方法。在跟随老师学习语文、数学、英语、思想品德、科学、地理、历史、生物等等各科知识的过程中，你要用心在课堂上和课下多预习、复习和进行理性的思考，积累知识和经验，从而发现并掌握学习的真正方法和其中的规律——孩子，在这个世界上，你努力发现并掌握了学习、做事的方法和规律，那么，对你来说，做任何事情，都没有难的了。

朋友，奋斗吧！拼搏吧！并用心去发现学习的正确方法和规律吧！关于学习，从来都没有轻轻松松之说——努力去掌握各种有益的知识，虚心向每一个在学习和生活中积极进取、心态阳光、比自己优秀而卓越的人学习，远离那些不思进取、思想灰暗、不求上进而平庸（要尊重平凡）的人。

朋友，请努力去做自立而强大的你自己吧——培养对学习一生的热爱，并在这一生的热爱中，让自己越来越强大、越来越优秀、越来越抵近生命中最理想的自己！

我永远看好懂得用心学习、善于总结发现学习方法和规律的你！

奋斗吧少女！

乐观向上，是一生的好运

亲爱的朋友：

其次，我们来谈谈“乐观向上”吧。

我们俩，从你从妈妈肚子里生出来起，就做了朋友；到现在，我们已经做朋友快 12 年了（好快呀！你已经快 12 岁了！）。

这 12 年来，不知道你感觉到了没有——无论在什么情况下，作为你的老爸，也作为你的朋友，我都会在哪怕很灰暗的境况下，让我自己、你和你妈妈，要内心有阳光、要保持乐观的生活态度、要努力进取、要不断向好向上。

比如：妈妈的疾病，我们一起去了两次北京最好的医院，最好的专家都无法医治。这样让我们深深难过的现实，我们，要接受，要面对，还要在这医治希望微渺的现实中，看到生活的阳光。

再比如：当你没有真正用心认真学习而成绩波动的时候，我会批评你甚至打你——但是我会清清楚楚地告诉你：我从来都认为你通过用心努力学习，能够不断强大、不断进步并且终究会成为一个卓越的人！自己不用心努力的人，是不可能成功的！只要你真正用心学习、用心思考、用心总结，你肯定会不断向前进、向上升！

亲爱的朋友，我们生活的这个世界，有一些不公平、不公正甚至是不好的事情，但更多是公平、公正和阳光的事情；近朱者赤，近墨者黑。对负能量的人和事情，我们要远远地躲避开——生活中有那么多美好的事情等着我们去做，我们一定不能在负能量的人和事上浪费时间、浪费生命；而对正能量的人和事，我们要接近和参与到其中去——接触正能量的人和事，会让我们生活中洒满阳光、会让我们也充满学习、做事的正能量。

亲爱的小朋友，以阳光乐观的心态，持之以恒去努力学习、去做正能量的事，积极努力上进，好运，会伴随你一生！

自立自强，是一生的底气

亲爱的朋友：

接下来，我们一起来谈谈“自立自强”吧。

作为你的老朋友，我在成为一个成年人之后，渐渐形成了这样的人生信条：

（一）在一生的学习、生活中，我通过个人的努力和奋斗创造的精神财富和物质财富，一定要远远多于我一生所消耗的各种财富。否则，我会觉得愧对这个世界——还好，现在，我做到了；将来，我有信心有能力做得更好。

（二）作为一个男人，我要赡养好你的爷爷也就是我的父亲，供养好你的妈妈也就是我的妻子，抚养好我的小朋友也就是你。这是你的老朋友我，作为一个男人，必须做到的担当——也还好，作为你的朋友，我做到了——当然，我还在继续努力，努力（读书、学习财经知识、写作、投资、工作等等）让你爷爷、你妈妈和你，拥有更好的精神和物质生活——我得把自己作为一个儿子、一个丈夫和一个父亲该做的,做得更好。

（三）我会为你准备一个父亲该准备的精神食粮和物质财富——但是,我希望你通过自己的努力学习、用心思考以及持续奋斗,成为更强大的人,创造出远远多于老爸的精神财富和物质财富。我会以你为荣并衷心祝贺、由衷佩服你!

一个可以自立而不自立、心安理得地依附于别人的人是没有自尊的!亲爱的孩子,在这世界,你要自立、更要自强,你,对你自己负总责。

我一直告诉你:要努力掌握各种知识和生活技能,不要依赖任何人——包括我们;你自己能做的事情,不要麻烦别人;我希望,你通过自己的努力实现精神财富和物质财富双丰收,成为自立自强的人,这是让你充满信心和力量的最好的底气!

自尊自爱,是一生的体面

亲爱的朋友:

然后,我们来谈谈“自尊自爱”吧。

孩子,自尊自爱,然后爱人——在关爱任何一个其他人之前,请你先关爱你自己。在学校、家庭和社会中,你要首先好好关注你自己:你要让自己掌握丰富的校园知识和课外知识;你要让自己拥有清清爽爽的容貌和大方得体的着装;你要始终保持阳光朝气的脸庞和奋进不止的内心;你不仅要远离负面情绪爆棚的“垃圾人”,还要思考如何不依赖任何人和任何组织而成为优秀的自己。

你的自爱,会让你用心学习从而变得强大而处世周全,这样会使你拥有自尊。

在老爸眼中,一个不用心努力学习的人是没有自尊的!

亲爱的朋友,要做自尊自爱的自己。

除了努力学习、用心生活，还要懂得为人处世中说话、做事的分寸感——分寸感，这是需要用慧心来把握的尺度——我不希望你沉默不语，更不希望你喋喋不休；我不希望你畏缩不前，更不希望你咄咄逼人。

我愿你懂得尊重自己和他人、关爱自己和他人。关于分寸感，我希望你查查我给你买的《成语大词典》里的“适可而止”，重新背诵一下孔子的中庸之道。

慈悲善良，是一生的修行

亲爱的朋友：

下面，我们来谈谈“慈悲善良”吧。

在我的眼中，我们生活的这个世界，那么多弱者和底层的人们，都还没有得到他们应该得到的精神上的重视和物质上的收益。

我们的家，基本处在这个社会的中间层。比上不足，比下有余——当然，我还在背负着我们的家向上努力。

你和你妈妈吃得饱穿得暖并且内心喜乐，你爷爷吃得饱穿得暖并且内心喜乐，你姑姑吃得饱穿得暖并且内心喜乐，周围的亲友都吃得饱穿得暖日子过得去并且内心喜乐，这就是我眼中的美好生活。

——但是，我们也不能忘了那些底层的良善而辛苦的贫弱者、遇到大灾大难的遭难者。

孩子，我们祝福富而有礼且仁慈者，我们更应该帮助那些良善而辛苦的贫弱者、遭难者——以给人暖意的语言、眼神和动作，以我们力所能及而不影响自己生活质量和长远规划的物资或金钱。

孩子，你凭借自己的知识、能力、努力和智慧所拥有的金钱，是你个人价值的一种体现方式——金钱所代表的，是你通过努力学习、不断成长进步，从而可以调动或者说汇聚的物质的价值符号。

孩子，在你拥有物质的财富之后，你的目光，要更加谦卑和有礼，要有阳光和暖意。你的努力创造的价值，在保障你、你的家人拥有适度体面的生活之外，要分享给你那些正直而善良的亲友以及那些良善而辛苦的贫弱者、遭难者、陌生人。

孩子，你一定会发现：你的慈悲和你的善良，会让你一生的修行，变得更加有意义。

明澈自我，是一生的圆满

亲爱的朋友：

我们再来谈谈“明澈自我”吧。

那一年，六岁的你，于自在的岗山中，与我们一起行走——在草木葳蕤的山林之中，你初见刻在山石上的“明澈”。

那时节，你的眼眸，明亮清澈；

这时节，随着成长，你对这世界的认识，正渐趋清楚明白；

未来时，作为你的朋友，我祝愿，亲爱的你：

成为一个澄润清明的女子，明了这大千世界；

成为一个澄润清明的女子，明了这世道人心；

成为一个澄润清明的女子，明了这世界上芸芸众生中独一无二的你如何成为独一无二的芸芸众生；或者成为，这三千大千世界中，泯然众矣而又卓然不群、抵近自我圆满的微尘……

致淑涵书，是我要一生持续书写的信

亲爱的朋友：

谢谢你——听我在一封信里谈了这么多。

在这封信的开头，我对你说过：想和你说的话太多，即使是一封很长很长的信，即使我写一辈子，也无法把我想跟你说的话，完全说得完……

这封信不长，停下来只是文字的收束；而我想要和你交流谈心的话语，仍然有很多很多。

给你写长长的信，和你作深刻或清浅的交流——作为希望“一生永远和你做朋友”的老朋友，这是我的远大理想——希望你，帮助我，让我梦想成真！

亲爱的孩子，感恩生命中与你的相遇！让我们，都努力：

做最好的自己！

做最好的朋友！

你的朋友：庄生小乔

鲁粤诗话雅香清远

庄生小乔

认识广东清远之乡的静若幽兰同学,缘于诗歌——

2017 年 4 月,承蒙鲁迅文学奖得主、中国作家协会全国委员会委员、广东省作家协会副主席王十月先生抬爱,在江苏凤凰文艺出版社出版的“鲁迅文学奖获得者原创长篇小说丛书”之一《理性时代:活物》中,收录了我为王十月先生《理性时代:活物》系列画作所配的 12 首诗歌。

人间四月天,因为《理性时代:活物》那一组小诗和后来创作的诗歌,收到静若幽兰同学的消息。从讨论诗歌中“生菜”和“生财”的异同、物质与精神的追求谈起,开始了和静若幽兰同学关于文学、关于图画、关于生活的交流,成为素未谋面而可以谈心的文友。

其时,我和云蔚、临涧、青素三位文友 2012—2014 年持续坚持 100 周的“周日文约”写下的 50 余万字的作品,刚刚由王十月先生作为责编在 2017 年第 2 期《作品》头条以《低处的高贵:相约写作 100 周》刊发出 6 万余字。《作品》专访、《济宁日报·文化周末》专访、邹城电视台《悦读邹城》专访……静若幽兰同学关注着我和文友们的文学活动,给予我各种鼓励和支持。

很高兴,在这红尘俗世中,能有一些可以谈心的朋友,一起聊一聊自己所创作的诗歌等文字内在的含义,谈一谈这尘世的静默与喧嚣,说一说我们对文学的热爱与信仰,与另外的一些灵魂有一丝巧合的心灵碰撞。

这世界，让人们彼此共鸣的无声的图画、文字和有声的言语以及有趣的灵魂，本来，就很少；能遇到，就很好。

有一天，由给王十月先生《理性时代：活物》系列画作配诗说起“看图写诗”的话题。静若幽兰同学发来她还是婴儿时候的照片。读图之后，我很快写下了“鲁粤诗话”的第一首小诗：

初生之影，那些天真的童年

时光定格的，是最初的光影
那两个赐予你生命的人
在那张初生之相中
都曾
看见他们自己的样子
无数次，亲昵地讨论
哪里像他，哪里像她
又是如何完美地
重叠，呈现于你

你的脑海中
或许没有
关于他们彼时的记忆
也许会有
关于乳名的，甜美呼唤

童真年代
你只管像所有的婴孩

饿了吃，渴了喝
困了就睡，从不失眠
从来不去想——
未来怎么来，永远有多远

静若幽兰同学读后，给予了充分肯定。后来，她陆续从广东清远发来不同时段的照片，我在孔孟故里山东邹城对图作诗，凝神去看，用心去想，来为那些凝结时代印迹、记录生命履痕、定格在一张张相纸上的一个个影像，创作尽可能抵近那些影像和心灵的诗歌，陆续给她的照片配上从我的角度作出的诗意解读。

感谢静若幽兰同学的信赖和倚重，让我有机缘抵近一个阳光、开朗、自信、诗意生活的美好生命的影像志和心灵史。

“看图写诗”进行到第 12 首之后，我发现，自己内心的诗意似乎沉潜到了深不可见的心海深处。我反复读图，探看那些影像在人世之舞的足印，却没有诗意的文字从心里涌动出来。

很长一段时间，我心云浮，不能静定。

我以诚敬之心读图写诗，自己没有进入状态，勉强去写，首先都过不了自己内心这一关，更不愿意拿自己都没有通过的文字示人。

静若幽兰同学劝慰我：庄生小乔同学难道真的是 12 首诗一个创作周期吗？要停多久？不着急，慢慢写。热爱文学，是思想灵魂的自然流露，实在写不出，就出门旅行换换思路，也许就能诗意泉涌。

真的进行了一次远涉重洋的海岛远足——我带着孩子，和浮云一起，到东方的海中之岛，寻真去。

拜别鉴真，行旅归来，内心的浮云散去，诗意重新涌动起来。我继续到那些影像间，去找寻深隐或浅藏的凡俗生活里的种种诗意。

毫无疑问，给静若幽兰同学成长的影像志所配的诗歌，精神触发源头在那些记录时代印痕的一个个身影中——那些影像激发了我的审美视觉的灵感和想象，引发了那些充塞于内心的诗意一次次涌动。我把自己从那些影像中读到的讯息，与曾读过的那些文学作品以及自己所作的思考生发碰撞而产生的种种火花，用自己拙诚的文字记录下来，从我的笔端落到纸上，或者被我直接敲打进手机里，代表它们自己或者代表我，从鲁地往粤地，致敬那些在这俗世中不断努力生长的一个个身影，或者致敬每一个从天真到青涩、从青春到成熟、渐渐臻于人生化境的圆融的生命。

“以文会友，以友辅仁”是我个人认为与人相交最好的方式之一——这“文”，可以是文学，可以是书法，可以是影画，还可以是篆刻……所有这些，大抵都可以涵养人们的身心，给人带来美好的感受。无论是给王十月先生创作的《理性时代：活物》系列画作配诗歌，还是给静若幽兰同学的成长影像志配诗歌，我都由衷感谢他们给予的信赖和肯定。我很喜欢这种诗歌与画影的结合带给自己的愉悦的审美体验：循着画影的视角，从不同角度切入，进入色彩和光影建构的世界里去，去发现画影中的隐秘世界，用文字，构建与之关联的另外一个诗歌的世界，真的是让人感到莫大的欢乐。

【向不惑，素衣夜行】是我这两年以来一直在用的微信题目——我把所看、所想、所学、所思、所行、所交、所舍、所得、所记，记录在那些日常的图文之中。很高兴生命中的每一种遇见——新闻报道中的国王和平民、总统和乞丐；行旅中的山岭和白云、殿堂和草堂；日常起居中的华服和素衣、大餐与淡饭、豪宅与寒舍、头等舱与独轮车；尤其感恩与这物质的理性时代中尚葆诗心的人们的各种遇见——在文学的世界里，与众师友神交，友声嘤鸣，体会生活的真意，大概既可养浩然之气，也可见南山清远吧。

诗画江山粤路行

——厦大续学之三

庄生小乔

……我说自己是飘在空中的人。

……我想去那玩，写得这么美。我那时的想法有点像沈从文说的，创造一种优美的生存方式……

作为作者，我的写作肯定带有理想主义色彩。

——王世孝

从古郓十景之一——“阳山晓日”的清晨醒来，我自护驾山东坡的寒舍沐光步行出发，乘上绿皮火车沿京沪铁路一路向北，抵达泉城济南；而后转乘出租车，沿着火车站到遥墙镇的机场高速一路疾驰，直奔济南国际机场；登上广东深圳航空的客机，在发动机的轰鸣声中飞上云端天路——2017 年国庆中秋长假，我和女儿向江南的诗画江山粤路行，正式开始。

孔雀东南飞

大秦天烟青连南，上宁温福广湛北；深圳珠海汕头厦门海南——不知为什么，一想到学生时代背诵过的这两句话，我就想到东邻福建、北接江西和湖南、西连广西、南临南海的广东。春天的故事唱响大江南北神州各地，激起中国经济发展的层层涟漪。对居于中国大陆最南端、地理位置绝佳、一直处在改革开放最前沿的广东，我始终觉得，这方热土，不仅是我和我的文友们的福地，也是所有有理想、有精神、有毅力、敢闯敢干、抢抓机遇的人们的福地。

孔雀东南飞，恰是广东这方热土对全国各地各行各业各色人等吸引力的生动而恰切的描述。

大约是十年前，单位组织，我带三十几个同事从济南飞广州，借道深圳前往香港、澳门特别行政区参观学习，也算与广州有一面之缘。这一次，我再次和女儿从济南出发，一同向广东飞去——粤路漫行，为我和孩子的读书行旅，为师友的文心佳谊，为文学的采风创作，为粤地的诗画江山。

白云离天河有多远

大飞机平安降落在广州白云机场。我们出来去坐出租车。

坐上车之后，我跟司机说的第一句话，不是告诉那位后来发现特别健谈的出租车司机——我和女儿要到哪里去。

"白云这边离天河那边有多远?"

——这是我和女儿一起到广州之后，和此地的人们所说的第一句话。

这句话，其实更像是，我一个人的自言自语。

白云离天河有多远？有很远。

或者，是另一个我没有问的问题：白云离文德有多远?

也很远。

为什么这样说呢?

因为《作品》杂志社在天河区。

又为什么会有另一个没有问的问题呢?

因为，王世孝先生大概是在文德路上。

出行之前，我看到世孝先生发出消息：国庆中秋假期，关机走人，创作一部科幻题材的中篇小说，约三四万字。

——海中之岛的寻真，我和女儿记住了一条：尽量不要给别人增添麻烦。

看到世孝先生的假日安排，我取消了去拜望一下他的念想——我不愿意打扰任何有个人计划和安排的人——即使我非常想见到那个人，和他握下手，或者拥抱一下，再或者，坐下来，一起喝杯茶，饮一杯酒——这是我坚持的分寸感。

我准备了“孟子之道”酒。作为幸运地诞生在孔孟之乡的人，我天然地有一种中华传统儒家文化传承的义务感。

到广东这样的福地去，带上两瓶“孟子之道”酒，与此间的师友畅饮几杯，聊一聊天气，聊一聊老人，聊一聊儿女，聊一聊我们自己，聊一聊世界中国山东广东济南广州济宁清远邹城英德，甚至，聊一聊理想和梦想，现实和未来——我觉得，这些，都是恰切的。

广州是粤食之乡、购物天堂、文化交汇之地，也是一座历史与现代感并存的“南国之城”。入夜，这里的街道灯火辉煌，处处充满着令人迷醉的魅力。无论是沙面建筑群中精美的欧洲古典建筑，还是那些具有岭南韵味的商业骑楼，特别是夜晚珠江沿岸的绚烂夜色、灯火旖旎的“小蛮腰”，大概都会让来到此地的人们，深深地爱上这座四季如春的南方都市。

在粤地，我也许会饮到微醺，也许会饮到大醉，甚而癫狂。我觉得，何种状态，于我的灵魂，都是恰切的——不管，粤地的师友，如何看我、如何说我、如何评我。

无论微醺还是大醉或者癫狂，我清醒地看着“我”，女儿会看着我——长大了，她，也许会明白我。

广州是一座历史悠久的城池，它那么年长，却也是那么年轻。

早在商代时广州地区称为“南越”，周代时又称为“百粤”、“南海”，这里的“百越”，《史记》中称“南越”，《汉书》称“南粤”。公元前九世纪的周代，这里的“百越”人和长江中游的楚国人已有来往，建有“楚庭”，这是广州最早的名称。

现在的越秀山上，有清代建的一座石牌坊，坊上书写着“古之楚庭”四字，不少史籍将“楚庭”视为广州的雏形，是广州最早的称谓。

广州城，真正的始建，在公元前214年。这座城池最早建城时的名字，叫任嚣城。

我记得，鲁地孔孟之乡孟子故里城北的岗山上，有一块巨石勒下了“回望闽粤”四个字。

我曾在鲁地，在孔孟之乡，在孟子故里，多次“远眺闽粤”，我看到了闽粤之地的各位师友，在他们各自的生活里，行色匆匆，从容奔走。

白云机场的云，在白云山的上空，悠悠地走。

天河区，就在不远处。

此地何所有？江山多白云。

出租车无声划过街道，我望着文学艺术中心的楼，想着工作日里在这里进进出出的师友，想着我和另外三友2012—2014两年间在山水文字间行走的文字在此间所受的尊荣，于自己的心底，向七楼的窗口，深深地鞠躬。

我性白云。

天河里的水，是我漂泊之后，沉静下来的化身。

岭南白云，只可自怡悦，无以持赠君……

清香溢远，大美英州

我记住清远这一座城池，是缘于“清香溢远”或者“香远益清”。

清远素有“中国温泉之乡”、“中国龙舟之乡”、“中国漂流之乡”、“中国优秀旅游城市”、“中国宜居城市”等美誉。清远又称凤城，是缘于，清远的地图，像一只栩栩如生的凤凰。它位于广东中部，北江中下游，北面和东北面与韶关市为邻，东南和南面接广州市，南与佛山市接壤，西与肇庆市相连，是广东省面积最大的地级市。

清远，仿佛是在灵魂的近处；又仿佛，在很远很远的清雅之地。

我记住英德这一座城池，缘于“岭南古邑”的名号，缘于此地的新朋以及“英州人物开中古”、“向来此地着东坡”和“不辞长作岭南人”的诗句。

英德又称英州，是广东省面积最大的县级行政区，也是广东省历史文化名城、旅游重镇。英德位于南岭山脉东南部，广东省中北部，北江中游，珠江三角洲与粤北山区的结合部。此地东邻翁源县、新丰县；南连佛冈县、清新区；北与乳源县、曲江区相连；西与阳山接壤。

而我居之地，寒舍以西，亦是阳山。

英德以西的阳山，是一座城池；寒舍以西的阳山，是一座山丘——城池和山丘，皆是尘世中的红男绿女，可以安身的所在。

英德是“中国红茶之乡”、“中国英石之乡”、“中国麻竹笋之乡”、“广东石灰岩溶洞之乡”。此地的英德红茶，据说是英国女王的待客之茶。英德境内北江、滃江、连江三江汇聚，城池山环水绕，造就了集山、水、石、洞、泉于一身，江山秀丽风景如画的大美佳境，还是国家茶叶、优质米、甘蔗生产基地。优美的自然风光和独特的文化，使英德自古以来都是文人骚客的向往之地：葛洪炼丹碧落洞，米芾任尉含洭，苏东坡两过英州，张九龄、杨万里南游浈江，文天祥行舟英德，历代文人墨客在此地留下了大量珍贵的诗词石刻……

我和孩子一起，过清远，临英德，在山水泉林间游走，浓绿的茂林、清澈的秀水、静雅的幽潭、奇秀的峡谷、瑰丽的岩溶地貌、旖旎的峰林美景和清润的空气，直教人忘却了城池的喧闹，抵近了江山峰林的清魂，仿佛听见了来自自心深处的心音……

北江南山　绿树红茶

粤地之行，除了新朋旧友的文心厚谊、广州塔的秀美身姿、珠江水的波光浩渺、清远之乡的清雅仙气，让人难忘的，还有此地的溶洞温泉、北江南山、绿树红茶……

一餐晚茶

饮茶粤海未能忘——吃茶构成了岭南文化别于其他文化的一个显著特质。此地的人们喜欢在节假日呼朋引伴，去各具特色的茶座品茶。吃吃点心，聊聊天，品品茶，在茶香氤氲中度过一段慢时光。

丙申仲秋时节，甫抵岭南，我便于皎月的陪伴之下，和女儿一起品尝了心仪已久的粤式风味夜茶。一壶菊花，一盘凤爪，一盘牛肉，四五种特色面食点心——广式晚茶品种多样，制作精美，各有风味。

朋友盛情款待，给女儿准备了许多进口的水果、巧克力以及此地的特色水果和点心。

我和女儿，羞吃到饱。

溶洞温泉

清晨，按照朋友的安排，我和女儿到国家 4A 级景区——奇洞温泉小镇去洗国内迄今唯一发现的溶洞温泉。

出城即见一路山环水绕。

远山不知其名，近水则是北江。

北江之畔，文峰塔在左，南山居右——青山绿水映塔影，舟车如在画中行。

我来岭南，见南山，是一大心愿。

山边耸立的文峰塔，更是我见南山以外的意外欢喜。

五柳先生所见的南山，是或不是我在这闽粤之地见的南山；或者说，我在这闽粤之地见的南山，是或不是五柳先生所见的南山，都无关紧要。

在这岭南，菊花兀自开着，在这仲秋时节。

见山见水，心远地自偏。所见者，是自性明澈，是人情练达，是山水明秀，是道法自然，或曰真意禅心。

明辨一座山丘或一潭别水，哪里还有什么必要呢。

见山是山，见水是水，好。

见山不是山，见水不是水，好。

见山还是山，见水还是水，好。

都好。

而溶洞温泉小镇的水，毕竟还是有些不同——这样说，矛盾吗？我觉得，在另一个形而下的层面上说，是不矛盾的。

我们到得有些早。问过工作人员，溶洞温泉还要再过将近一个小时才会开门待客。

于是一起去这坐落在群山之中的温泉景区转转。奇洞温泉为喀斯特地貌的溶洞温泉，以高山温泉养生和水疗为主题，建设有半山木屋别墅和集中度假区。

我们一起到度假区联排别墅前的小广场上，坐在铁艺的欧式圆桌前，看着半山温泉度假区来来往往的人们、随风飘动的棕榈枝条、树间的果实、鼻子里喷水的六头雕象，听着山林里鸟鸣啾啁、旅者的客家话或粤语、池子里的水声、山林里的风声……拍些照片，留下记忆的影像。

时间既到，从溶洞温泉入口处购票后，我们鱼贯而入。进得换衣间，要了手机防水袋，换好泳衣，即到外面，各种风格各种味道的山中温泉，即刻进入眼帘——小鱼温泉、旺（望）夫温泉、红酒温泉、白酒温泉、牛奶温泉、乾坤（阴阳）温泉、红茶温泉……

时间尚早，大部分泉池里还没有人，只见旺（望）夫温泉泉池里三两个人。我们一行依次择泉池泡过，即往我最神往的山中溶洞温泉去。

走过一段向东北方向的下坡路，转向北，继续前行，略向西北方向，穿越两个集装箱改造的类似风雨桥的路，前行约百余米，期待已久的溶洞温泉就在眼前了。

到溶洞温泉洞口，看了介绍溶洞温泉的大体情况。我们沿着向下的台阶，慢慢步入溶洞。整个溶洞大约有三百平方米，洞中布置了蓝色紫色玫红色等颜色的射灯或灯带，将空间渲染的幽雅迷离。温泉水从溶洞西北方向的一个天然石缝里，汩汩不断地流出来。

溶洞温泉的泉池共分四级。我们来得早，溶洞里涌出的温泉水刚刚将最高处的第一级和第二级泉池注满，第三级的泉池只有约一半的温泉水，第四级的大泉池里，只有一点点。

我们直接到第一级的泉池里去泡。女儿觉得泉水有些热，未敢入第一泉池。在我们的劝说下，她下到池容较小、水温微烫的第二级泉池里，练习她的“狗刨”花式游泳。我们闲聊些话题，在泉池中舒展筋骨，享受这天赐的溶洞温泉带来的放松。

许多年前，我们的祖先，不知是否找到过这个溶洞？不知道当时的他们，是否在这温暖的溶洞汩汩涌泉的声息中，像一只蝴蝶一样酣然入梦？他们会梦见几十、上百万年后的我们，专门到这溶洞温泉中休憩身心，兼寻他们的从前吗？

谁知道呢?

宝晶宫

朋友将我们送到宝晶宫景区门口,购好票后即去——他们家的团圆节,还要一家人一起操持。

我为自己在传统节日叨扰朋友而感到有愧。

朋友离开后,我带着女儿单独游览了宝晶宫风景区。

宝晶宫,无愧于“岭南第一洞天”的美誉。这是到目前为止,我所见过的溶洞中,最大最秀最美的一处。

宝晶宫风景区是广东省首批省级风景名胜区,由宝晶宫溶洞、碧落洞摩崖石刻、碧落(十桃花十天鹅?)湖、狮子山、英石园、奇石书画馆、摩崖石刻诗廊等景点组成。整个宝晶宫景区构成了一幅自然与人文完美结合的“众景能兼有,南方可独尊”的风景画卷。

进入宝晶宫风景区各种千奇百怪的钟乳石、溶洞让人眼花缭乱。而更让人感到惊奇的是,整个宝晶宫溶洞,竟然从半山腰一路向上,有三层之多。

宝晶宫溶洞其曲径通幽、繁复迂回、幽深神秘、别有洞天之美,让我深为欢喜。我和女儿流连其中,仿佛也已不知有汉何论魏晋了……

宝晶宫归途,即见南山风景区。

南山位于英州市区以南北江西岸,是广东省摩崖石刻最为丰富的地方。其山地势险要,修竹茂林满覆,与北江互见,竞现江山风光秀美。南山由十八座山峰组成,最高峰鸣弦峰海拔一百八十九米。山中有寺,观后,其名已忘。

身在江畔,心在南山,红尘之中,又有何事,必须记呢?

不如无明,不如不辨,不如忘名。

北江无辨。南山忘言。

山水相依，流尽这如画江山、如尘人物。

积庆里红茶谷

每到一地，若稍有闲暇，我必往街巷或山中，寻花问茶。

岂能不与名满天下的英德红茶一会？

已然过了八月十五。十六月圆。

于这月圆之夜的上午，冠者四五人，童子两三人，到一处幽深的山谷里，去寻深谷里的居民，去问岭崖上的野茶。

英州自唐代即已产茶，制茶历史已逾千年。众多英州茶中，尤其以“英德红茶”最为有名，与“云南滇红”和“安徽祁红”并称中国三大红茶。

一九六三年，在一次盛大的皇家宴会上，英国女皇用英德红茶招待贵宾。众客品罢，深为英德红茶“茶汤红亮、香气浓郁、甘美怡神”的特点所折服，“英红”受到女皇贵宾们的高度称赞和推崇。

积庆里红茶谷在英西群山深处的山谷中。这里远离城市中市声的喧闹，青山绿水红茶幽谷，旅人茶者蝴蝶秋风，我们徜徉在红茶谷，品积庆里秀气的小姑娘泡出的鲜香英红九号，看孩子们在山谷绿地上追逐嬉闹，望远山青黛近树翠黄，涤肺养心。

买一点红茶，即往茶园里去。

满山满坡的英红茶树，满目满心的青绿欢喜。

在茶园中穿行。

我择取单芽，采下，告诉孩子们：这小小的茶芽是多么有滋味。

将英德红茶的单芽放入口中，含在舌上——早有英德红茶茶韵中特有的鲜香，弥漫我的口腔和心胸。

在海中之岛寻真的旅行中，我每天泡一小包英红九号，早已对它的滋味谙熟于心。

这一枚小小的英德红茶单芽，饱含着这里的土地、这里的山谷、这里的晨风、这里的暮雨、这里的茶人所赋予它的丰富的滋味。

孩子们信然。接过来，放到嘴里咀嚼；咧开嘴，将英德红茶的单芽吐出来。

孩子们还太小。他们，将在未来，慢慢能够消受，一枚英德红茶单芽里的清香与清苦、一泡英德红茶里的醇香与微苦。

我们，和孩子们，在在积庆里红茶谷英德红茶的海洋中，尝出生活的滋味，丰富，多彩。

阳山不是山也是山

英德以西，有县城，曰阳山。

寒舍以西，有山丘，曰阳山。

世界虽大，我们虽小，但是，从鲁地孔孟桑梓之乡出发，我们可以因为这内心的诗意，因了那如画的江山，在广东，在清远，在英德，在向南方的行旅中，遇见广东广州，遇见清远阳山，遇见阳山晓日，遇见晓日清晨，遇见晨光万丈。

而英州之南，北江之畔，南山与文峰塔隔江相望，已然多年——我本来还想继续写下关于这一次诗画江山粤路行的一些文字以辨我们的诗心和岭南的游谊——路在自心，南山自见：野菊待采，飞鸟翅杨，山色清雅，山花幽香——一时之间，我已忘言……

青青草地兔撒欢

静若幽兰

月光驱赶走白天的浮躁与喧哗，一切都沉浸在美好宁静的夜色之中。远处山峦隐约闪现，近处江水与月色辉映，大地草儿随风飘舞，此刻天地神秘地交融在了一起。

风停了，月亮更圆更亮了。草儿挺直了腰身发出了拔节的声音，她要快快地长高。

忽然一团白光闪过，草儿眨着眼睛定定地看。一只兔儿出现在草地的边缘。天哪！这是一只什么兔啊，草儿从没见过。一身雪白的绒毛又密又长，绸缎一般，像刚刚从西江河下的水晶宫里走出来一样，在月光下闪闪发光。两只圆圆的眼睛镶嵌在长毛下深深的眼窝里，没有家兔的胆怯，没有山兔的狂野。雍容大度，超凡脱俗。充满灵性，充满温情。

“草儿妹妹我来看你了。”

“你是谁？从哪里来？我从没见过你。”

“我从月宫来。在月宫里，我一年四季望着你。看着你柔弱的身躯在风中摇摆，看着你被践踏啃食，被秋风摧残，被寒冬冻僵。也看到你不屈不挠的生存态度，新绿不断在死亡中顽强而执着地成长。为什么人间这么残酷，跟我去吧，我要把你带去月宫，带去天堂。那里没有痛苦，没有死。”兔儿爱怜地望着草儿。

草儿被感动了。望着眼前英俊而善良的兔哥哥，内心充满了柔情蜜意。兔哥哥哪里知道每当夜深人静时，草儿便会仰望星空对着月亮倾诉着苦乐心声，却从不曾想过，在月亮之上还有一位兔哥哥与她彼此默默地相望，有谁知道他们已经相望了多少年，就连他们自己也不知道。

草儿动情地拉住兔儿的手，感激万分。

“谢谢你，兔哥哥！只有你怜爱我，珍惜我。可草儿的生命离不开大地，大地是有灵魂的地方。草儿的生命意义就是不断地牺牲自己，不断地去铺展绿色的大地。”

“为什么要牺牲自己去铺展别人的道路？”

“仙兔哥哥你不懂。人间大地，万物生灵，生命都有自己的意义。你原本也属于这里，青青草地才是你的家园。兔哥哥不要做神仙了，回来吧。为我回到人间，为我留下来好吗？”

“可我属于月宫，属于仙境。”

草儿含泪不语，夜雾加重了，天要亮了。

“草儿妹妹，我要回去了。”兔儿转身。

“不，兔哥哥不要走！我不让你离去。你若离去，我会想你，我会孤独，我会痛苦。”

“你不是说青青草地是兔的家园吗？你怎会孤独？怎会痛苦？”

“兔有千千万，没有一只能代替你，我只需要你。”草儿扬起带泪的脸。

“草儿妹妹，不要哭。上帝说百年一轮回，到那时我会属于这片青草地，我会属于你。”

“百年有多久？我要等着你。”草儿泣不成声，串串泪珠，滚落大地。

“百年有多久，我也不知道。但我不会忘记你，不要伤心。”

兔儿捧起草儿的脸，轻轻为她吻去点点泪滴。

“不管有多久，不管我死过多少个轮回，我都要为你重生，为你守护绿色的家园。”

兔儿被感动了，把草儿拥进了怀里。

“你看。月亮的光辉就是我对你的情意，月亮的光线就是我发给你的短信息。等着我，我会回来。”兔儿说完便消失了。

从此两相望，从此两茫茫。从此，清晨，草儿身上便挂满露珠，那是草儿思念兔儿的泪，她用思念的泪水滋养着自己成长，等待兔儿回来。

辑二

走出黑夜的孤独

南国巷陌
谁家的房前
一株英姿飒爽的杨
立在广东街头
守望平安

……

一直在南国红尘里
栉风沐雨
以这种守望平安的姿势
度己，度人
度这世间万象
由内而外
永葆你的形与心
如一株英姿飒爽的——杨

——庄生小乔《英姿飒爽的杨》

一　大地上的哀鸣

妈妈请把我留下

静若幽兰

在边远的深山里，有一个小村庄只有几十户人家，三五成群点缀在山边的竹林里，守着那片贫瘠的石灰岩土地，种点花生和红薯，靠着政府的救济艰难的度日。竹林深处，孤零零的一户人家似乎被人遗忘在角落里，无声无息。低矮的土坯房里，住着残疾女人，带着三个女孩。大女孩 9 岁，二女孩 6 岁，最小的一个才 3 岁。

傍晚时分，三个女孩站在家门口。说是门口，那门就是两块薄木板立在门框上，其中的一块已经腐烂了一大截。从那缺口望进去，土坯垒砌的灶台上一口黑铁锅，边上的木桌子，桌腿用砖头垫着。另一边靠墙处并排两张铁架床，床上凌乱的堆着单被和衣物。边上立着一个歪斜的木柜，好像随时都要倒塌下去。

“我要妈妈，我要吃饭饭。”3 岁的小女孩开始放声大哭。

“姐姐我也饿。”6 岁的二妹扯了扯姐姐的衣襟。

“别哭别吵，妈妈回来就会有米。有米了我们就有饭吃了。”9 岁的大姐安抚着两个妹妹。她的心里更加的焦急，妈妈去领救济粮怎么去了一个下午还不回来呢。

妈妈终于回来了，拖着一条小儿麻痹症留下的残疾腿脚，一瘸一拐地回来了，却是两手空空。她径直拐进了屋里，似乎没有看到三个女儿的存在。没有听到小女儿的哭声，也没有听到大女儿的叫声。她东翻西找，小半碗的米从米袋中抖落出来，一棵白菜和几个红薯摆在灶台上。她脸色平静，目光呆滞。9岁的女儿就悄悄地把一瓶农药藏了起来，因为她曾经在半夜见过妈妈拿着它目光发呆。她吓得哭着喊妈妈：农药喝了会死的，妈妈你不能丢下我们，你可别喝。妈妈看了看熟睡的小女儿，把农药放到了一边。妈妈不会死，死了谁来养你管你们。可是今天她又看见了妈妈毫无表情的脸和呆滞的眼神，她怕极了。

9岁的大女儿蹲在灶前帮妈妈添加柴火，她一直看着妈妈的脸，觉得妈妈今天就是不对劲。望一眼坐在小桌前等妈妈做饭吃的两个妹妹，心想多乖的小妹呀，饿着肚子也在静静地等。这一餐的红薯米饭妈妈做得很用心，放了很多的油，还把家里仅有的几个鸡蛋都打进去，煮了荷包蛋。

两个妹妹吃得很开心，有些狼吞虎咽。

“妈！你也吃饭吧。”大女儿望着妈妈的脸叫得小心翼翼。

“你们多吃，吃饱点。”

妈妈坐在一边低着头，她的脸色真的和往常不同，冷得让她心里一直突突地抖。她盯着妈妈的手，她手里的板斧已经磨了好久。这板斧是家里唯一一件好用的劳动工具，妈妈每天拿着去山上砍柴，也拿着看家护院。有一次家里来了一个小偷，妈妈就用这板斧把他赶跑的。还有一次一个老叔公要睡在家里，还用力拉妈妈，妈妈不让他住，也不让他拉，后来也是用这把板斧把他赶跑。当时她就问妈妈：爸爸自从生了小妹为什么走了就再也不回来。爸爸回来就没人敢欺负妈妈了。妈妈听了只是哭，她就不敢再问了。爸爸已经走了三年，没有人知道他在哪里。

“妈妈你吃饭吧。明天是不是又要去砍柴？”大女儿拿起碗走去灶台。

啊！姐姐！二妹的一声尖叫，姐姐的碗啪的一声碎在地上。回头一看，小妹已经躺在了地上，血从头上哗哗地往外冒。二妹的小手捂在脸上，嘴里发出啊啊的尖叫声。妈妈的板斧又砍向二妹。

妈妈，不要啊——大女儿一声大喊，张开双手奔向二妹。晚了，血从二妹的脖颈喷了出来。妈妈举着带血的板斧转过身。妈妈一张扭曲的脸让她的浑身毫毛炸起，她跑进铁架床的里边。

“不要啊，妈妈！不要砍我。把我留下来，我已经长大了，我已经学会写妈妈的名字了，把我留下来，我长大会养你，会孝顺你。”

“我恨你们天天嚷着要吃，我恨你爸爸丢下我们不管，我恨那个老不死的欺负我，我恨村主任不发给我救济粮说你妹妹偷了别人家的地瓜说我没有教育好你们。我恨！我恨啊！这里是人间地狱，我们不要在这里受罪了。孩子和我一起走吧，我们去天堂。”

“妈！我不想死，我想活着，活着等爸爸回来。”

“不要再指望那个没心肝的畜生会回来。不会有人管我们，不会有人可怜我们。他们只会欺负我们，所以我不能把你留下来受苦受罪。”妈妈的脸变得更加的狰狞恐怖，她绕过铁床，一板斧下来，大女儿一闪身，手臂一阵尖锐的疼痛，再看妈妈一眼，就在妈妈又一次举起板斧时，她顺手拿起床上的睡枕丢了过去，就势冲向房门，冲出门外，她知道只有一米五五的妈妈拖着一条瘸腿，也许是追不上她的。

“爸爸！救我，爸爸！快回来救我呀！”她惨烈的惊叫着，惊慌的奔跑着，惊叫声传出了竹林外。

迎面有人向这边跑来，她的心稍定，回过头去。妈妈也一定看到了来人，只见妈妈抡起板斧砍向自己的脖颈，板斧落地，红光与晚霞混合冲上天边，冲傻了9岁的女孩。只片刻，妈——她惨叫着奔过去，蹲下去看了一眼妈妈，又看了一眼向自己跑来的人。然后就疯狂地向她的家奔跑，那里还有她的两个妹妹。她边跑边喊：妹妹！姐姐回来救你们，姐姐回来救你们。

当人们追到她的家里时。屋里静悄悄的，只见9岁的女孩把两个血淋淋的小人揽在怀里。

村长和村主任都赶到了，女孩死死地搂着妹妹不放手。

“我恨你们。你们为什么不帮我妈妈把爸爸找回来，为什么叔公要欺负妈妈，为什么不给妈妈粮食。妹妹没有偷地瓜，是我偷的，那天妈妈不在家，她们饿得哭。为什么没有人管我们。”人们看着眼前这个只有9岁的女孩，哭得悲悲切切，却依旧用尽力气嘶哑地叫着。

“你们还我妈妈，还我妹妹！”哭声，女孩嚎啕的哭声，穿过房梁，飘进苍凉的夜空，袅袅飘散。

警车拉响警笛，救护车发出刺耳的怪叫，带着三具血淋淋的肉体消失在夜幕中，远去了。

小小的村庄被甩在了身后，一切都恢复了平静。这平静的夜晚，血淋淋的夜晚，小村庄里的人还有谁能安心入睡吗？这个9岁的小女孩该怎么活下去呢？

人们不用再担心了。第二天人们发现9岁小女孩在那破败的土坯房里喝下了那瓶农药，去追她的妈妈和妹妹了。

苍天不睁眼

静若幽兰

桂英59岁这年，她的厄运终于结束了，同时结束的还有她的人身自由，她进了监狱。

桂英一共生了6个孩子，前边4个都是女孩，第5个终于生了个儿子，白白胖胖的欢喜了一家人。可是渐渐就发现这孩子的反应有问题，常常听不懂大人的话，长到了2岁多还说不清楚话。到医院一查，结果是大脑先天性发育不全。这不就是一个傻孩子吗？男人唉声叹气，非要再生一个。桂英说不再生了，能把这几个养大就不容易了，交罚款已经是家徒四壁，还欠有外债。另外在她的心里，她也一直觉得她和自己的男人都不是聪明的人，连长相都是蠢蠢笨笨的那种。正如娘家妈妈说的：龙生龙，凤生凤，老鼠生的孩子会打洞。没好的遗传基因，还要那么多的傻累赘干什么。这话听起来难听，可也不是一点道理没有。看看那五个孩子，任谁说也说不出哪个是聪明漂亮的。但这话她不敢对自己的男人讲，轻则挨骂，重则挨打。她拗不过男人，没两年就又怀上了。不知是老天不作美还是老天捉弄人，又生了个女孩。但这个小女儿生的却是出奇的聪明漂亮，刚满1岁就屋里屋外的撒欢跑，妈妈爸爸甜甜的叫。叫得男人终于同意桂英的话，不再生了。

桂英也该喘口气了。可也就在这一年他的男人出了意外死了，桂英就想自己这是什么命呀。

一个人带着六个孩子，累死累活，勉强糊口。总算熬到四个长大的女儿相继远嫁出门，收到些彩礼钱才把欠债还清了。家里就剩下傻儿子和小女儿了，这下日子总算能过得轻松些吧。小女儿上初中，在10公里外的镇中学。女儿早出晚归，学习非常好，老师家访时说是个好苗子，将来一定会有出息。看着出水芙蓉般水灵灵的女儿，桂英又长起精神头，一天到晚拼命地干活，为女儿赚学费。女儿是她的心肝宝贝，是她的希望，是她的骄傲。她常因自己长得又丑又笨而感到自卑，能生出这么个如花似玉聪明的女儿，开心得不得了，也就倍加地欢喜宠爱。

最近傻儿子有些反常，吃完晚饭不去睡觉，总是要等着抢妹妹的夜宵吃。

“回你的房里睡觉去，夜宵是给妹妹补身体的。”

“妈，我不饿，你就给哥哥吃吧，也许他晚上没吃饱。”妹妹一直都很心疼哥哥，周末妈妈外出干活，她总是让哥哥吃饱后自己才吃。哥哥的饭量真大，有时能把她煮的两个人的饭菜一个人吃完。看着他傻笑傻吃的样子，她的心里就有说不出的难过。他傻，可也没有傻透，有时看到妹妹不吃，也会夹菜到妹妹的碗里，嗯嗯地叫她吃。妹妹的心里就更加地难过，哥哥若是个正常的哥哥该有多好。

“不能再让他这么傻吃了，傻长个子。回你屋里去睡觉吧，听话，去吧。”桂英去拉他，他突然就一跳多高，哇里哇啦地大叫，抓起什么就摔什么。桂英就得拿过竹条吓他，他一看这竹条就乖乖地走了，他知道这东西抽在身上真的是疼。

桂英病了，女儿早晨给妈妈和哥哥煮了早餐就去上学了。桂英觉得浑身没力，强撑着起身。她想今天不出去干活了，就在家里休息一天。去买半斤肉给傻儿子和女儿做点好吃的，他们很久没有吃肉了。不知傻儿子什么时候站在了眼前：自己玩去。桂英扬手赶他。啊——啊，他哇里哇啦地叫，声音变得粗重、变得喘息。桂英抬头，傻儿子的一双眼睛直勾勾地盯着自己，桂英的心一惊。傻儿子就扑了过来，扑到了她的身上，他嘴里发着胡乱的叫声，裤子也落到脚踝，他紧紧地抱住桂英的身体，疯狂地扭动。桂英感觉到他勃起的阳具硬邦邦地在她的身上乱撞，一股热浪就喷到了她的睡衣上和肚皮上。

天哪，你这个畜生。

傻男孩长大了，变成了傻男人。此刻他喘着粗气滚落在桂英的身边。桂英拿起那根竹板条狠命地抽下去，恨不得抽死他。他抱着头哇里哇啦地嗷嗷叫，竹条劈头盖脸地抽下去。妈——妈——妈，桂英的手僵在他的头顶，竹条也僵在他的头顶。她清晰地听到他在叫妈妈，他这是第一次清晰地叫出妈妈两个字。他的身上多处已经是皮开肉绽，流着血，头上脸上也道道血痕。他满脸的惊恐，挂着泪水，用双手抱着头，蜷缩在那里。

老天爷，我这是造的什么孽呀！桂英丢下竹条，泪水像奔涌的河水，却不敢放声痛哭。

晚上女儿回来了，晚餐有一碗红烧肉。

“妈，你说哥和谁打架了，他怎么能对一个残障人下这么狠的手呢。你看把哥打得更傻了，连肉都不知道吃了。”妹妹往哥哥的碗里夹几块肉，他闪着眼睛看妹妹，再看桂英，不敢动手。

“吃吧，多吃点肉，伤好了就不疼了。”他见桂英说话了，才抖手拿起筷子，一边吃一边偷看桂英的脸色。桂英的泪水强忍着，默默地咽下肚子里。

桂英决定让女儿住校，告诉她这样能节省从学校往家两边跑的时间，能有更多的时间好好学习。

“妈妈您真好，我一定考上重点高中，将来考个好大学，找个好工作赚钱养你。只是住校又要花些钱,也没人帮妈妈照顾哥哥了。您都是五十多岁的人了,为了我还要这么辛苦。"懂事的女儿眼里有了泪花。

"没事,妈妈不苦,只要你好好的。"桂英一阵的心酸,眼泪就流淌下来。"瞧,你把妈妈说得都感动了。"她就抱着女儿把痛苦的泪水流在了女儿看不到的地方。

桂英把女儿送去住校了,回来后她就用一条铁链将傻儿子牢牢地锁在了牛棚。不能把他锁在房屋里,他总是要拉尿拉屎。没办法她要出去干活,又担心他跑出去,跑出去伤害别人,他有一身的蛮力。

一群到乡野农村采风的文人记者无意中发现了牛棚中的傻子。傻子也有享受自由的权力,怎么能把人锁在畜牲棚里呢,他们去见村长。村长就和他们到了桂英的家,把桂英也找了回来。桂英就和他们说:他是傻子,不懂人性,我怕他出去伤人。一群年轻人就七嘴八舌讲了一堆的人权问题。村长就作了保证,桂英也说不再锁他。一群年轻的文化人才肯离开,否则要把事情报道出去,让执法部门的人来管。临走时还对桂英说:过一段时间我们还会来。无奈桂英从此出去干活就带上傻儿子,手里也永远带着那根竹条。隔壁的李奶奶说:"桂英啊,你去干活就把他放到我家吧,我给你看着他,饿不着他。"桂英谢过李奶奶,她哪里敢啊。

一连几天都在下雨,下午天气终于有些放晴,看样子明天可以下田,想着农具坏了应该拿去修一下。看着酣睡正浓的傻儿子,她没叫醒他。自从上次打得他皮开肉绽,又把他锁进牛棚,也许是吓怕了他。现在只要看到桂英拿锁链和竹条就惊恐不已,哎,可怜的孩子。桂英拿过毛巾轻轻擦去他嘴角流出的口水,带上房门悄悄地离开家。

暮色时分，桂英扛着两把修好的锄头和铁锹，急急地往家里赶。傻儿子也许饿醒了，可千万不要跑出去惹祸，她这样一想，心里就莫名的不安起来。她几乎是一路小跑着回到家，家里有灯光。她刚刚到窗下，似乎听到女儿的叫声从屋里传出来。她的心咯噔一下，三步并两步冲进房门：哥哥，你是我的亲哥哥，我才 15 岁呀，哥哥你放开我，放开我呀。女儿哭喊着。她的衣裙已被撕开，胸罩也被扯下。女儿的双手扣在两腿之间，紧闭双腿，用蜷缩在一起的身体，拼命地抵抗着哥哥的蛮力，绝望地哭喊着：妈妈，妈妈快回来呀。桂英血往头上冲：你个畜生，你去死吧。她顺手拿起墙边的一铁锄，狠命地砸过去，咚的一声，哇里哇啦的叫声停止了。

"妈——"女儿惊恐地扑进妈妈的怀里。

"快告诉妈，他把你怎么样没有，他得逞没有？我可怜的孩子。"桂英一边心疼地流泪，一边上下抚摸着女儿颤抖的身体。

"妈，我没事。你快去看看哥哥，是不是被你打死了。"

"死了更好，我就省心了。"

"妈，别说气话，快去看看，故意伤害杀人是犯法的。"

桂英又想起那些个城里的文化人、记者们说把人锁起来是违法行为。我是违法的，我是犯法的。傻儿子做什么都不犯法。桂英就去看躺在一边的裸露着丑陋身体的傻儿子，傻你就傻透，什么也不懂也好，为什么半傻不傻的，还懂得要女人呢，这不是要我的命吗。桂英悲哀地想着，用手去试他的鼻息。

"他还活着，你快去把自己洗干净，穿好衣服，今天发生的事永远不要对任何人讲。一切后果由妈妈来处理，记住了？"

"妈，如果哥哥死了怎么办，我不能让你去坐牢。我还未成年，不承担法律责任，就说是我反抗拿锄头砸死了哥哥，属于正当防卫。"

“不许胡说，我不懂你说的什么正当防卫。我只要你好好的，好好的去考大学，上大学。做人也不能说谎，要诚实，不能欺骗。记住了？快去吧，快去收拾好自己。”

桂英看着女儿进了自己的房间。她拿起了电话，拨打了120和110。然后将傻儿子的衣服和裤子穿戴整齐，她的心里只有一个想法，保护好女儿的名誉是最重要的，她如花似玉的年龄，还有漫长的人生。

傻儿子抢救无效死了。桂英的交代是傻儿子要强暴自己，她因气愤而失手用锄头砸死了他。

桂英被公安局带走了。

女孩拿着妈妈留下的一万元钱呆坐在家中，妈妈的最后一句话是：要去上大学，要做个好人，做个有出息让人瞧得起的好人。

女孩痛不欲生。苍天啊，你为什么不睁眼看看，为什么人间的苦难都让我的妈妈一个人承受啊。

只想你们好好地活着

静若幽兰

夜色沉沉，柳树不知道自己是怎样回的家。家门砰的一声在身后关闭，他整个人就崩溃了。身体软软地瘫下去，呜呜的哭声在漆黑的房间内悲痛地响起。他知道房间里没人，没有一个人，而且是永远的没有人了。他就那样瘫软在地板上，不想起来，也起不来。

柳树大学毕业就在城里和朋友创业，开了家小公司。几年下来公司的效益很好，自己也到了而立之年。他先把独自一人把他拉扯大并供养他上完大学的老母亲接进城里和他一起生活。随后又娶了漂亮的城里姑娘结婚生子了。他一心一意经营着公司，经营着自己幸福的小家庭。虽然城里的漂亮太太总是和婆婆闹点小别扭，好在自己的老妈心疼忙碌的儿子，常常是默默地压着事，让着儿媳。对于老婆的抱怨告状，他装聋作哑，嘴里哄着太太，心里却是清楚的很，找个时间又会去安慰几句老妈。柳树爱他的妈妈，爱他的太太，更爱他的儿子。最让他感到欣慰的是他的儿子爱奶奶。家里有了这个感情纽带也就和谐幸福了许多。他常常和太太说他的一生就是为他们三个人活着，为他们在外面打拼，让他们活得好一点，再好一点。

公司正在开会。柳树接到太太的电话，立即离开会议室，他从太太的那一声发疯的叫喊中听出了事情的严重，她平时虽然脾气性格不太好，但也从来没有这样的态度。打开家门，眼前的一幕让他的血直往头顶上窜。只见太太恶狠狠地指着老妈：

“你去把我儿子找回来，找不回来，你就死在外面也别回来了。”老妈低着头，脸上淌着泪。柳树冲过去，一个耳光打在太太的脸上：

“你给我住嘴，她是我妈。出了天大的事，也不许你这样骂她。”

太太似乎已经不知道挨打和疼痛，她转过身疯狂地扯打着柳树，哭喊着：我们的儿子被坏人绑架了，他被人抓上车拉跑了，不知跑到哪里去了。柳树的心咯噔一下，他踉跄了几步坐在了沙发上，大脑麻木空白了几秒钟后就弹跳起来。

“你们报警没有？妈，您别难过。快把当时的情况说清楚。”

“当时我带着孩子在公园路边上玩，有一辆白色的面包车突然停在我的跟前，下来两个人一个过来和我打听路，我就告诉他怎么走时就听到孩子的哭声，然后就看见另一个人抱着孩子冲上车去，问路的人也冲上车，车就开走了。我喊有人抢孩子，过来几个散步的老人看着车跑远了，有人说快打 110 报警，让公安局去追。我打你的电话你没听，我就赶紧回来了。”

“看来这不是绑架，好像是人贩子，我马上去公安局。”柳树一边往外冲，一边打电话。

公安局接到报警电话后，立即出警。调出公园路段的监控，确实发现一辆白色的面包车在公园路上向城外急速而去。出城后监控不到了，也就失去了方向。

警车向着山区的方向追下去，一路追进了山里。前面出现了三个岔路口。怎么办，往哪个方向追。正在犹豫时，前面的两个路口有车过来。立即上前拦下，一部三轮车的司机说在前面是看到了一部白色面包车，坏在了路边，还拦下他的车借修车工具，但没修好。三男一女，车上是有孩子，但不是一个是三个，两个男孩一个女孩，那个小一点的男孩一直在哭。

“距离这里有多远。”

“也就二十多公里吧。”

立即向市局汇报，请求地方警力增援前方拦截。警车一路飞速前进，当地派出所的人已等在那里，坏掉的白色面包车停在路边，人去车空。根据时间推算，他们离开的时间不会太长。兵分两路，一路进山追赶，一路下山进村询问。

山不高，是一带绵延的丘陵。没有成材的树木，一眼望出去，能看出很远高低错落的山丘。对面的山坡似有人晃动，是几个大小不一的黑影。车进不去了，跳下车，钻进低矮的植被中，但也看不见对面山坡的人了，只能凭感觉直奔对面而去。不管是不是，不能放过。看着不远，走起来还是要一定时间。行进了近半个时辰似乎到达了对面，停下喘口气，辨认一下方向。

“听，有孩子的哭声。在那边，在那片灌木丛里。”

飞奔过去。只见两个孩子被黑布缠着头蒙着眼睛，被捆绑在一棵较粗的树干上。女孩在嘤嘤地哭，四五岁的样子，较高一点的男孩费力地伸出一只手抓住女孩的手臂不放，也许他想给女孩一点胆量，让她别那么的怕。

“孩子，别怕、别怕。我们是警察叔叔，是来救你们的。”解开黑绑带，两个孩子睁开眼睛，惊恐地看着警察。

“警察叔叔……”男孩突然的大哭起来。

可见他刚刚是有多么的紧张和害怕，可他没有哭还拉着妹妹。此时女孩紧紧依偎在警察叔叔的怀里，看着小哥哥哇哇大哭。她想你不是说不能出声大哭吗？坏人会捂住嘴不让出气会死，就像那个小弟弟一样给丢进山沟里。

“孩子，别怕。叔叔就带你们回家。”

警察叔叔蹲在男孩的眼前：“孩子别怕，你是勇敢的小男子汉，刚刚不是还在保护妹妹吗？告诉叔叔坏人朝哪个方向跑了，你们是几个小朋友，是不是还有一个小弟弟？”

“他们——把他捂死了，丢进——那边的沟里……”男孩哭得哽咽，说得断断续续……

柳树接到公安局的电话，一家三口急急的赶过去。他们看到的却是3岁儿子小小的尸体，黑紫色的小脸向他们述说着他曾经的惊恐、疼痛和挣扎。

太太当场晕倒送进了医院。老妈在回来的路上：“孙子，奶奶来陪你来了。儿子，妈对不起你！”柳树还没反应过来，老母亲就一头撞向路边的石柱，头破血流。

……老太太死在医院的手术台上。

没有了，一个亲人也没有了。自己还为谁活呀！

有钥匙插进门锁的声音。

“姐，门怎么被反锁上了。”

“那说明你姐夫一定在家。你不是说你姐夫处理完婆婆的事还来看了我吗？天哪，他会不会是来和我告别的呀！他可孝顺他妈了。”她扑到门前：

“柳树，开门，开门呐！我知道你在里面。是我不好，是我没看好儿子，是我没看好妈妈。我咒骂妈妈死不是有心的呀，那是急疯了是气话呀。”

“姐姐，姐夫会不会想不开？会不会一下子承受不了痛失儿子和妈妈的打击，自杀了，我们要不要报警。”

“快，快打110和120。”

“柳树，你可千万不能死呀，你死了，我还怎么活呀！我们还年轻，你喜欢孩子，我给你生，生几个都行。都听你的，你听见没有啊！你可不能出事啊。”她哭着喊着瘫在门外。

门开了。我只想凭自己的努力让我的每一个亲人都好好地活着，都幸福地活着。为什么老天要这样对我？

她扑进门去抱住神态恍惚喃喃自语的他。

错　嫁

静若幽兰

柳叶从夜大校门出来，急急地往家里走。这条僻静幽暗的路周围静悄悄的，几乎没人，每晚走到这里她都不由自主的加快脚步。

拐弯处出现了几个黑影，柳叶回头，后面什么时候也有两个人，这是不是有预谋的跟踪堵截？柳叶的心惊跳，大脑紧张地思考着怎么办。

“大哥，就是她，你看漂亮吧。”几个人围拢过来，一个留长发的青年人歪斜在柳叶的眼前。

“大哥，够你爽的吧。”几个人嬉笑着闪开。

被叫大哥的人一把就把柳叶扯进怀里。

“大哥，别这么粗鲁。看你一表人才，长得又高又帅，如果你喜欢我长得好看，我们可以处朋友，我可以嫁给你。”

“呀，小妞有点胆量。哥还没想结婚呢。嫁给我？站好了，让哥看看。”

“哥几个过来，以后她就是你们的大嫂，都给我敬着点，谁敢碰她我阉掉他，都听到了吧。走，歌厅去。”

“什么情况？大哥来真的了。”一行人嘻哈着簇拥着柳叶。

柳叶的心安稳了一些，无论如何她都不能接受被人强暴被人玷污的结果，慢慢再脱身吧。眼前这个长得浓眉大眼的青年并不令人十分讨厌，还是有着一丝善良。

柳叶想脱身不可能了，想读完夜大去找一个好工作也不可能了。他天天找她，大把大把地为她花钱。可结婚证一领完，柳叶就后悔了。因为他的现状并不是他说的那样，有家族生意，将来玩够了就领着她回家继承家族生意当老板。而他只是一个从山区混进城里的一个小混混，带着几个人靠帮人打架要账、诈骗等混日子。就连结婚的楼房也是借别人的，现在只能租住到城郊的一片杂房区的一间破旧的房屋里，而且他经常的不回家，有时深更半夜的又突然回来，平房独院她常常是被惊醒，吓得心惊肉跳，以为来了什么坏人。他也就是睡一觉第二天就又不见人影了。她似乎成了他泄欲的工具，这和强暴有什么区别呢，还成了合法的。更让柳叶不能忍受的是一天深夜有人用钥匙开了她的门，来人说是因为他欠钱把她顶债了。事后她痛哭了一场，从此她把自己打扮起来，开始接近男人，只要给钱就行。后来她的丈夫知道了，她以为会挨打，结果他说：还是你赚钱快，干脆你养我，我在家服侍你吧。于是他的家就热闹起来，招来一堆堆的酒鬼赌鬼。他赢钱是自己的，他输钱就让她去陪睡顶掉了。

时间一天天的过去，柳叶感到厌烦极了，不爱待在家里。就去外面闲逛，就碰到了高中同学晓丽。见她穿着高档服饰，挎着名包，心里极为羡慕。她热情地请晓丽吃了午饭，两个人聊得热火亲近，就去了晓丽的家。她第一次与晓丽的老公对望时，就从他发光的眼里看到了希望。之后她主动私下里约见了几次，他果然有钱，慷慨的在县里高档小区买了一个小户型作为他们享受的安乐窝，并给了她一张消费卡。柳叶以为他会真的爱自己，内心做着长久打算，甚至想到离婚。结果看上去斯斯文文的一个人在后来的每次性生活时就变成了豺狼野兽、吃人不吐骨头的恶魔。他每次吃药，每次都要亢奋地在柳叶的身体上呼风唤雨，横冲直撞。她挣扎叫喊，他就暴打她，啃咬她，使得她身上常常是青一块紫一块的。她越是求饶他越是疯狂，往往是一折腾就是一二个小时，下体撕心裂肺的疼痛。每次完事后他又会跪在她的脚下求她不要离开他，又会给她一些钱。去他妈的男人，畜生，变态。经历了几次这样的性虐后，柳叶想离开，离开也不能就这样便宜了他。

柳叶再次找晓丽聊天，她们成了无话不说的好朋友。柳叶把自己被骗的婚姻和老公的吃喝嫖赌之事和盘托出，但她隐瞒了她勾引晓丽老公上床的一段经历。晓丽一边听一边流着眼泪。

“为什么我们的命这么的苦，天下那么多的好男人为什么我们两个就碰到这样的人呢?”晓丽把老公的家暴和变态的行为说了出来。

“我们是红颜薄命吧。晓丽，我们离开这个小破县城吧，走远一点让他们永远找不到我们。”

“去哪里呢，谁都不认识。”

“去深圳，去东莞。”

“那么远。”

“难道你愿意一辈子就这样陪着畜生不如的东西？甘心吗?”

是啊，自己还不到30岁，这样的日子何时是个头，熬下去命都会没的。自己也有过理想，也想有一个属于自己的人生。

一列快车，蛇一样的在山间穿行，向着山外飞驰。柳叶和晓丽面对面坐在窗口，呆望着车窗外飞闪而过的山川树木，茫然的眼神茫然的内心，没有人知道她们各自都在想些什么。

尘埃飘落

静若幽兰

傍晚时分，柳叶和晓丽在深圳火车站下了车。

“晓丽，你看多漂亮的大城市，高楼大厦，灯火辉煌。能在这样的地方活一回也不枉做回人。”柳叶兴奋地说。

“可这地方是我们能活的地方吗？”晓丽忧心地说。

关于住的问题她们有了分歧。柳叶想住好一点的大宾馆，说那里认识有钱人机会多，找好工作的机会就多。晓丽想住小的旅店，因为要省点用钱，以备急需之用，而且还不知道什么时候能找到工作。就这样，晓丽住进了小旅店，而柳叶就住进了对面的豪华宾馆。100元与500元的差别。

柳叶拿着房卡，不知怎么才能打开电梯的门。男士伸手在墙壁上晃了一下门就开了，柳叶赶紧就跟进去。男士按了下墙壁，电梯就上升了：“小姐到几楼？”男士很绅士地问。柳叶拿着房卡翻来翻去很茫然的看。男士拿过她的房卡：1803，原来是隔壁。出了电梯，男士开了自己的房门，就听到柳叶小声地说：这门锁上了，没钥匙怎么开呀。这是电子感应门，他边说边走过来，帮她开了门，又教会她怎么开电热水器，用什么洗澡冲凉，怎么开电视。柳叶好奇而饶有兴趣的样子。

“刚刚进城，是来找工作还是路过停留，第一次进这样的宾馆？”

“是，是第一次进大城市，找活干，听说深圳好赚钱。”

男士就盯住她的眼睛看了一会，然后就笑了。

那个笑就在柳叶的心里泛起了波澜，她洗漱完毕，穿着宾馆的睡袍躺在席梦思的大床上，眼睛盯着电视却是什么也没看进去。男人的笑容在她的眼前晃动着，他一定很有钱，样子也温和，她突然就想试试深圳的男人。于是敲开了隔壁的房门，睡袍松垮垮地系着。

“就知道你会过来，进来吧。”

他一把把她拉进怀里，门砰的一声关上了。他说她那么的老土没有品位，看你刚进城还没被污染给你1000元吧。事后他给了500元。她问：说好给1000的为什么只给500？他说原以为是个处女，你该知道你被多少男人睡过了？也就剩这脸蛋还值几个钱。他说这话时眼里闪着一种让柳叶感到底气不足的贼光。柳叶心想：他妈的大城市里的男人厉害呀，她不再说话。

柳叶回到自己的房间，晃动着手里的500元。心想没用自己的钱还享用了这么好的房间，也值了。

晓丽进了服装公司，搬进了公司的员工宿舍。柳叶住了半个月的豪华宾馆，也没有找到好的工作，再也没有碰到对她有意思的男人，钱也用得差不多了。只好让晓丽介绍进了服装公司，还是晓丽帮她交的押金。可是她只坚持了三个月，就瞒着晓丽辞工走了，只给晓丽留下了一张纸条，说等她赚了钱，一定来还她钱。

两年后晓丽被调进经理办公室做内勤工作，公司还让她进修了电脑学习班。在办公室她便有了一台属于自己的工作电脑，她觉得生活和工作都很充实很安心。打开自己的电子邮箱，她已经很久很久没有上网了。叶明的留言把她吓了一跳，一条条的，两年来一直都没有断过，她看着看着泪水就流了下来。

叶明是她的高中同学，凭着1.80米的身高和校篮球健将的特长被县公安局招录。他追求过她，但她觉得自己除了长得漂亮，没有工作，没有才华，配不上他，因为自卑而拒绝、逃离了他。可是命运捉弄人，当年老公嫖娼被抓她去赎人时偏巧又碰到他，她羞愧地只想找个地缝钻进去。那天他要了她的邮箱地址，也在他的帮忙下交了罚款领走了人。

……

晓丽，你到底去了哪里。你在县城消失的当年柳叶的老公也报了案，说老婆不见了，而且说她消失之前一直和你的老公有染，还带我们去了柳叶老公在田园花园买的楼房。难道你是和柳叶一起离开了吗？看到留言请与我联系。

柳叶和自己的老公有染？晓丽很是吃惊，觉得有些不可思议。

……

晓丽，你不会出事离开人世的，你一定是躲到什么地方去了。回来吧，再找不到你，你的户口会被注销的。逃避解决不了根本问题，回来离婚。不愿面对，可以委托律师全权处理，你才能重新开始。

……

晓丽相信我，我会帮助你走出恶魔的生活。回我话吧，相信我，回我话吧，让我知道你还好好的活着，让我帮助你吧！！

……

我已办停薪留职，正与深圳的朋友联系到深圳发展，明天就过去面试，有可能的话就会留用在深圳分局工作。你可以到深圳找我。你到底在哪里？……

晓丽退出信箱，她不敢留下半个字。

但愿叶明的面试成功，已留在深圳。

自己的户口如果真的当失踪人口被注销了可怎么办，身份证就没用了，那麻烦就多了。也不知柳叶去了哪里，自己是无论如何也不敢回去面对那个变态男人。

刚刚走进办公室。

“晓丽，快，快来接电话，找你的。”

晓丽从经理的手里接过电话。电话竟然是公安局打来的，问她认不认识一个叫柳叶的，告知扫黄被抓。让她去交罚款领人。

柳叶被赎出来就带着晓丽到了自己住的地方，一个高档小区的豪华住宅。她从琳琅满目的衣柜里拿出一张卡：

“晓丽，这张卡给你了，今天的罚款和以前的押金一起还了。密码是我手机号。”她张扬而自得地摇一摇手里的手机。

“柳叶，你这是什么情况啊？”

“这是香港大老板的房，他每月给我 5000 元的生活费。”

“你被包养？那你当初还逃跑出来，出来不就是想让自己过正常人的生活么？”

“那个小破县城能和这里比吗？你看。”她用手挥舞了一圈。

“可这些是你的吗？将来老了你怎么办？再说你既有这样的地方，怎么又在夜总会被抓？”

“他妈的，那个死糟糠老头，在房间里无死角安装了摄像头。一个月来那么一两次。给 5000 元钱，够个屁用。一个燕窝炖盅就要 200 元，一个星期一个炖盅，一个月也要 800 元。本小姐不出去打点零食有的吃吗？”

晓丽心想燕窝炖盅是我们这种人吃的吗？那该是一个怎样的富贵命才能享受的生活啊。她不想再说什么了，更不想问她当年是否上了她老公的床。她把叶明说的户口注销的消息说给她听，她一听就说不用晓丽担心，她一个电话告诉当地公安局她们活的好好的。

晓丽经过再三的考虑，终于在叶明的不断寻找与呼唤中留了言。

他们在深圳见面了，那天是晓丽离开家乡三年多的时间里第一次见到家乡的人，她哭了。痛痛快快地哭了。后来他们还一起去找柳叶，叶明说应该把她找回来，大家是同一个地方出来的，应该彼此关心照顾着点。但他们去晚了，那套房里已经换了人，柳叶不知去向，手机也是空号了。在叶明的帮助下晓丽顺利办理了离婚手续，彻底告别了噩梦般的过去，开始了崭新的生活。她在服装厂一干就是10年，升到了车间主任，做了厂里的高管。叶明也是区派出所的所长了，他们有了一个3岁的儿子。

晓丽忙完家务，把儿子哄睡，就坐在沙发上看电视等着老公回来。派出所的工作忙，有时也有一定的危险。等不到老公回来，她是不会睡的，即便睡也睡不安稳。老公若有急事外出或有突发事件回不来都会打电话通知她，这已经是他们的生活习惯。老公回来了，洗漱完就坐到她的身边，伸手搂过她的肩膀，显得心事重重的样子：

“这是怎么啦!”晓丽趴在他的肩头关心地问。

“柳叶又被抓了，吸毒。”

“什么，吸毒?”晓丽惊跳起来。

“不但如此，我看她很憔悴很病态的样子。你明天去看看她吧，吸毒可不是卖淫嫖娼那么简单，如果是以卖养吸，是要判刑的。”

晓丽的泪水哗哗地流下来：

“老公，谢谢你！给了我现在的生活，当年我和她……”

“你们不一样，本质不同。人生观、价值观从骨子里就是不同的。上学时我就看出来了，当年她长得比你还漂亮，可惜了。”

晓丽看到柳叶时，被瘦得变形的她吓坏了，简直就是皮包骨，脸上还长了一些暗红的痘痘，一副慵懒、萎靡不振的样子。

“柳叶，你怎么把自己搞到这地步了，香港老板不要你了，为什么不来找我呢？”

“晓丽，我没救了，已经陷进去了。谢谢你能来看我，我卖淫、吸毒，已经百病缠身。晓丽，你知道吗？我艾滋病晚期了。”

晓丽瞪大了惊愕的眼睛，说不出一句话，泪水蓄满双眼，顷刻流满面颊。

“晓丽，别为我难过，不值得。我是自作孽。我快死了，答应为我做件事吧。我可能是当今社会诗坛唯一的‘诗妓’，我这样说不知道是否玷污了诗坛，但你知道我当年在夜大学的是新闻学和当代诗歌，我喜欢文学。曾经也是有理想，也想做个好人。一步错，步步错。悔不该当初不听你的，走上歧途。当我知道自己得了艾滋病后，我回顾自己‘做鸡’一生付出的代价，那真是一部心酸的妓女史册。我想把我的经历留给社会，希望能起到一点警示作用，告诫后人。我便写了100首诗歌，记录了一个妓女的沉沦与悲伤。我把它交给你，你把它交给社会吧。”

晓丽捧着那本厚厚的诗稿，走在回家的路上。她也喜欢看文学书籍，也喜欢看诗歌。诗歌的天空是纯净的，纯净的天空也有尘埃吗？柳叶说她是“诗妓”。就像历代青楼里的女子，琴棋书画，能歌善舞。不管飘到哪个城市，她都是那个行业里的当红头牌。她这是在慰藉自己即将死去的灵魂吗？这是她的骄傲还是她的悲哀呢？

晓丽决定将诗稿交出去，希望柳叶生命结束之前能看到自己的诗稿变成铅字，留在社会，留在人间。

男人女人四十八

静若幽兰

雨枫和冰川结婚二十多年，两人的感情一直很好。可是近两年他们的感情就像雨中枫叶落进了寒冷的冰川。

雨枫痛苦着，痛苦着她的皮肤、生殖、代谢都在明显地衰老，痛苦着自己的情绪毫无征兆地就低落、抑郁或亢奋起来。她不想这样的，可她控制不了自己。夫妻间常常因为一件小事或几句闲聊，就吵了起来。每当丈夫摔门而去，她就跌坐在沙发上痛哭，她不知道自己错在了哪里，以至于丈夫要这样对待她。

冰川是某局的局长，在单位是出名的好领导。干工作有魄力有能力，待人亲切和善。可是只有他自己才知道内心深处的隐痛，有不敢言说的东西在蠢蠢欲动。

周末的早晨，雨枫做着丈夫最爱吃的早餐。米粥，榨菜肉丝，清炒小白菜，葱花煎饼。

她的丈夫对她说过，他永远都吃不厌她的早餐煎饼。想着这样的话，幸福就填满她的心。她把煎好的最后一张饼放入餐盘，然后将盘中的煎饼用双手捏住轻轻一翻，餐盘中的饼就翻了个身。这是她的习惯动作，她要把这最后的一张煎饼压在盘底，不要让丈夫和儿子顺手拿来吃。因为这最后一张煎饼是不放油的，煎出来干巴巴的不好看，有时还会焦煳，口感也不好。时间一长丈夫发现了她的动作和心思，就常常无声地先把那张与众不同的翻找出来吃掉。看着老婆、儿子吃着油汪汪、黄澄澄外焦内软的煎饼，他心里高兴。他更高兴的是，他做的红烧鱼头是老婆和儿子的最爱，周末闲暇也会时常露上一手，看着老婆儿子吃的津津有味，他有说不出的成就感和幸福感。

雨枫想不起来，这样其乐融融的幸福生活是从什么时候开始消失了，是儿子上大学后吗？

上大三的儿子寒假回来问妈妈：您和爸爸是怎么啦，我觉着你们不对劲，是哪里出了问题？

雨枫无从回答。

雨枫把早餐摆好，想了一下就从盘中夹出了那张最后煎的饼放进了自己的碗中，然后叫冰川起床。

洗漱好的冰川手提公文包。

“你们吃吧，我有事。”语气淡淡，神情淡淡，他甚至没有看一眼早餐。

“你什么意思啊，大周末的，有事你不会提前说吗？害得我做了这么多的早餐。”

雨枫暴怒地叫喊，态度突然就激动起来。

冰川沉默，他用凌厉的目光回敬她，然后摔门而去。

儿子不解地看看妈妈，再看爸爸远去的背影。变了，他们都变了。

冷战，令人心寒的冷战。

“冰川，雨枫的脾气变得这么坏，可能是更年期的原因，你听妈的，让让她，过两年就好了，我生的孩子，我了解她。”

冰川什么也没说，而且是从此什么也不说，也没再去过岳父岳母的家中。

沉默加冷漠。雨枫在冰川冰冷的态度中彻底崩溃了，她骂够了，喊够了，摔够了，最后她也沉默了。

她在长久的沉默中感觉到了什么，她心慌，她不安。

在西餐厅的角落里坐着两个女人。

"雨枫，这么多年同学搞了几次聚会你都不参加，同学们都知道你是温柔善良的贤妻良母，在家相夫教子。如今儿子上名牌大学，老公当局长，是成功的幸福女人，同学们都羡慕死你了。"

雨枫笑笑。

"你们看到的都是表面，一家不知一家事。你和我老公在一个单位多久了？"

"十多年了，你老公当科长时我就是会计。现在他当局长了，我还是会计。"

"他是怎样的人，是个好领导吗？"

"当然是好领导，工作认真，严谨，也是好男人啊。干吗，你不是暗访吧。"

"还真是暗访，但暗访的不是老公，而是一个电话号码。一个朋友知道我老公在局里当领导非让我帮忙查查这个号码是男是女、干什么工作。我想这样的事和他说他肯定不管，就找你来了。"

"我们局从上至下有几百人呢，不一定都认识。咦，这号码怎么这么熟悉，不用查了，文秘室的艳艳，就在我们会计室隔壁。老公是个老实巴交的职工，她嫌没本事，一年前离了婚，带个 5 岁的女儿。风流韵事一大堆，在我们单位里口碑很坏，不是又缠上什么人了吧。"

"别八卦，她什么样个人？"

"争强好胜，虚荣心极强，心机也很重。和我们不是一路人。温柔善良贤德都谈不上，但很会装。交际方面很厉害，能说会道，特别会卖弄风骚，这算优点吗？"

“对某些男人来说也许是。”

她们说说笑笑，有心无意的。

雨枫回到家，拿出那串长长的电话清单。

“冰川，我们离婚吧。”

“随便你。”

雨枫的心凉透了。

“你就是在等我这句话对吗？”

沉默，无声的沉默。

离婚证拿在手中，雨枫看一眼这个与她生活了20多年的男人，她不知道他的内心在想些什么，此刻她感觉他是如此的陌生。

“冰川，明天是周末。最后陪我过一天正常家庭生活好吗？”雨枫的语气是温和的，面容是衰老憔悴的，就连说话的声音也突然显得苍老了，明天就是她49岁的生日，老公不要她了。

早餐雨枫做了米粥、榨菜肉丝、清炒小白菜、葱花煎饼。冰川没有找到那张与众不同的煎饼，还有意义找吗。中午冰川做了红烧鱼头，雨枫吃了一口说，好好的怎么就坏得变质了呢，丢掉吧。

三个月后，冰川和局文秘室的艳艳突然领证结婚。惊翻了全局。

雨枫接到同学的电话，她理解同学的惊愕和不解。雨枫当晚就吃了一瓶的安眠药安静地睡在家中的床上，永远地不再醒来。

医生诊断：更年期抑郁症，药物中毒死亡。

大学毕业的儿子回到外婆家。外婆知道外孙的口味，早餐有米粥、榨菜肉丝、清炒小白菜、葱花煎饼。午餐有红烧鱼头。可都不是爸爸妈妈做的，餐桌上也没有了爸爸妈妈，这味道就全变了。

儿子在整理自己儿时的玩具箱，意外地发现了妈妈留给他的一封遗书，还有那一长串的电话清单。

儿子:妈妈希望你做个好男人,妈妈的一生只爱你的爸爸,当然也爱你。你是妈妈的希望,但你的爸爸是妈妈的生命。

妈妈不是死于更年期病症,而是死于男人的虚伪、绝情与自私。

儿子突然离家,去了离家很远的地方工作。

当局长的父亲在儿子退还给他银行卡的信封里,看到了妈妈留给儿子的遗书和那一长串的电话清单。儿子没有留下一个字,更没有他新手机号码,旧号码已经停用。就像当年他离开妻子时,没给她留下一丝的希望。

他的眼里突然就蒙上了一层雾气,在雾气中他看到了米粥、榨菜肉丝、葱花煎饼、清炒小白菜和红烧鱼头……

拾荒老人的接班人

静若幽兰

林枫不知道自己是第几天没有吃东西了，只觉得饿，饿得前心贴后背，饿得人恍恍惚惚。带在身上的钱花光了，工作还没有找到。没钱吃饭，没钱坐车，每天走到哪里就找个避风的地方睡下，醒了就继续走，也不知走了多久，离家有多远了，但他不想回头。

眼前一黑，他险些跌倒。

“哎，小伙子你这是怎么了。”一位老伯伯伸手扶住了他。

“饿，我饿。”

“这是怎么讲的，快坐下。这有手有脚的怎么还能饿成这样呢?”老伯伯把他搀扶到路边的一棵树下。

林枫软软地坐在了地上，老伯伯从自己的大挎包里拿出一个馒头。林枫接过就往嘴里塞，头都不抬。这时若有人给他一个毒馒头，想必他也会不顾一切地吃下去。

“慢点，慢点。还有的。”

林枫吞下大半个馒头，停了下来，感觉有点力气了。他慢慢地抬头，只见一位老伯伯蹲在自己的眼前。满头白发，满脸的沟沟壑壑，一双眼睛却是格外的有神，带着慈祥的笑容，身挎一个大布包。一条竹竿上挂着几个大塑料带，瓶瓶罐罐和纸皮，堆放在旁边。他看上去也有近 70 岁的年纪了，竟是一个拾荒的老人。林枫顿感惭愧，心里极为过意不去。

“老伯，谢谢啦！我这么年轻还吃了您拾荒卖钱买来的馒头，真是对不起，对不起。”

老伯伯就靠着树干和他并肩坐下。

“看你也不像个孬孩子，和我说说怎么会饿成这样的。”

“老伯，我家在农村，上到初中家里没钱供我上学了。在家干了几年农活。可我从小就想当老师，我知道自己的文化不够，但教个小学语文我还是可以的。您看我还在县里的报上发表过散文呢。”林枫说着就从自己包包里掏出一份报纸，那上面有他的那篇散文。还有两本厚厚的书，一本是《关于小说、散文的写作解析》，一本是《唐诗三百首》。他说唐诗宋词是中国的文化遗产，他想成为古典文化的传承者，他只想当个老师，教书育人是最有意义的工作。干别的能赚到钱，那只是为了活命，觉得没有意思。他说他去了很多的小学校，甚至是边远的小学，都没有学校要他，哪怕是代课都没有人要他。要当老师，就要有资格证书，那是要参加考试合格了才能拿到手的。看来他这辈子都没有资格做老师了，所以也不知道活着还有什么意义。

“那也不能把自己饿死呀，先保住身体，保住命才能干别的对不对？你先去那边的士多店给老伯买两瓶水，伯伯渴了，你也渴了吧。”

林枫买回了水，老伯把报纸叠好夹在书中放回到他包包的衣服下面，给他拉好了拉链。他又拿出几个馒头，还有两包榨菜咸菜。

“孩子，别泄气。我在这个城里捡了10年的垃圾，你看远处那些高楼，市政府大楼，还有劳动局、教育局和卫生局。以往一到下班时间有多少的高级轿车从里面开出来，奔向城里的各个不同高级饭店。我就想，有什么工作在办公室里谈不完，一定要去酒店才能完成呢，腐败啊。听说那一餐饭的钱就是一村孩子一两年读书的费用。这一年多，怎么样？高级轿车没有了，听说都拍卖了。各大酒店也很少有官员的饭局，公款请吃请喝的少了。这说明了什么，国家新一届领导人开始重拳出击，老虎苍蝇一起收拾。一个国家的腐败如果到了一定的程度还不遏制，那老百姓就没希望了。现在有希望啦！会好的，你也会好的。”

“老伯，您是拾荒者吗？我看您懂得好多的大道理。”

“大道理不懂。拾荒可以免费看报纸，我也关心国家的事情呢。”

“您还能看报？”

“当然，可不能看不起捡破烂的。跟我走吧，孩子。到我的住处好孬还有张床，也给你看看我的一些宝贝。”老伯说着就起身，去拿地上的竹竿和那一袋袋的瓶瓶罐罐。

林枫吃饱了有了精神，他也很想去看看这位拾荒老人的家。突然咚的一声响，老人就飞了出去。林枫惊愕地抬头，两部小轿车一前一后，一黑一红。黑色轿车停了下来，红色的赶上去摇下车窗做了个手势，两部车飞驰而去，眨眼的工夫不见影了。事情来得太突然了，林枫顾不了那么多了，奔过去。

“老伯，您怎么样？怎么样啊？”

“孩子，伯伯可能活不成了。伯伯的布包里有家的地址，有钥匙。伯伯的心愿都在家里床上那个小木箱里，交给你，我——我放——心……”

老伯没抢救过来，他没有儿女，是位孤寡老人。林枫安葬了老人。

他按照老伯的嘱托打开了老伯的家门。这是城郊旧城区的一间普通的房间，屋里几乎没有什么家具，里外两间套房。外间分类放了一些拾荒来的物品，里间就是一张大床，床头有个长木箱。林枫打开了木箱，里面除了衣服和被服整齐地叠放在一边，大半边都是书籍报纸笔记本和信件。一本教师退休证，一本存折，上面还有3000多元钱。二十年前的报纸上刊登了他的诗歌。他在笔记本上说当年他就是凭着几首发表的诗歌走进学校的大门，当了老师。那是中国诗歌的辉煌时代，是中国文学的辉煌时代。他还说今天却是饿死诗人、苦死作家的年代。林枫合上笔记本，鼻子酸酸的。心想老伯竟然是名退休老师，不是拾荒老人，那为什么要去拾荒呢。

林枫开始看信件，原来那都是一封封的感谢信，是他资助的贫困山区学生的感谢信，从四面八方而来。汇款单收据有几尺厚，这十年间他到底资助了多少学生？有大学毕业要来看他的，他告知他们他已离开这里不让他们来看。初中的高中的这又是多少个？在一个本本上清楚地登记着何时寄钱，寄多少，还要供应到什么时候。看到这里，林枫已经是泪流满面了：大伯您的一生就是这样过的，就是守着这些感谢信和成绩汇报的喜讯度过的吗？如果这些孩子知道您已经去世了，该会是怎样的悲痛啊。如果知道是因为遇到快饿昏的我而出了意外，那会不会恨死我了？

林枫把老伯的教师退休证、存折、报纸上刊登的诗歌还有本本上清楚的登记整理好，放进了自己的背包里。他在自己的背包里的那本《唐诗三百首》的书中却意外地发现了500元钱和一张字条：孩子，心中有理想，有目标，就有活下去的动力和能力。好好努力去考个证，理想会实现的。不行的话就一路向西，那里是贫困的山区，那里的孩子没有老师教，连代课的老师都找不到。

林枫痛哭失声，为自己也为老伯。

林枫背起自己的背包，挎上老伯的布包，拿起老伯的竹竿。他现在最想做的是接替老伯把本本上的孩子继续资助下去，希望有一天能把他们聚集到自己的身边来，能亲自把老伯的故事讲给他们听。

现在他要做个拾荒者，一个流浪的拾荒者，也许还会是一个流浪的诗人。只要能完成老伯的心愿，他愿意走下去，然后再去考证，或是一路向西去当老师。

否则他会觉得愧对老伯的亡灵。

这是谁的错

静若幽兰

妈妈在小女孩的心中也许只是一个影子，一个拼命想也想不出模样的影子。于是小女孩问奶奶：妈妈长什么样？我长得像妈妈吗？她去了哪里？奶奶告诉小女孩说：她跑了，不要你了。奶奶说这话时脸色阴沉沉的。小女孩就不敢再多问了，怕奶奶也不要她了，那自己不就没人管了吗。妈妈走了，不知去了哪里，爸爸也不回来，说在外面做生意赚钱，可每次回来都要和爷爷奶奶要钱，奶奶还经常背着爷爷偷偷地给他钱。小女孩问爷爷：爸爸去了哪里，为什么这么久都不回来？我想爸爸啦。小女孩说这话时盯着爷爷的脸，生怕爷爷不高兴。其实她更想妈妈，但她不敢说。爷爷看了小女孩一眼，用鼻子愤愤地哼一声，什么也不说。有时会骂奶奶：都是你宠出来的孝心儿子，指望不到，还要帮他养孩子。

小女孩沉默了，再也不敢提爸爸妈妈了。但爸爸还是经常回来的，只要回来他还是非常宠爱小女孩，抱着，背着，扛着疯闹一阵。小女孩就趁爸爸高兴问：爸爸，妈妈呢？妈妈为什么跑了，不要我们了吗？爸爸便会收起笑容，把小女孩推送到奶奶身边就又离开了家。

小女孩就在爷爷奶奶的不断抱怨她的父母声中上到小学三年级了。那年，爷爷要卖掉山边的那套旧房，那是爸爸妈妈住过的房。小女孩一个人偷偷地跑过去，在房间内东瞧瞧，西摸摸，似乎到处都是妈妈的影子。她在床上躺了一会，想着妈妈一定是在这床上搂着自己睡觉的。她从床上起来，继续东瞧瞧，西摸摸，想找到点什么吗？无意间拉开妈妈曾经用过的梳妆台的抽屉，发现了一个本子，翻开，那是妈妈的记录：

宝贝生于 1987 年 12 月 5 号，体重 6 斤，白白胖胖的，可爱极了。一个月会笑了，而且是非常爱笑，不管什么人，不认生，一逗就笑。三个月会抓着小拨浪鼓玩耍，六个多月能坐住了，八个月会爬了，十二个月会走了。对不起，宝贝，妈妈在这个家里呆不下去了…… 记录就在这里结束了。

小女孩抱着本子呜呜大哭，她想：妈妈是爱她的，一定是爱她的。她轻轻擦去本子上的尘土，小心顺平卷起的边角。自己的泪水一串串地滴在上面，那上面的点点黄渍是妈妈当年的泪水吗？她真的想知道妈妈为什么离开家，不要自己了。小女孩哭干了眼泪，把本子带走了。

妈妈在这一年竟然回来了，小女孩被接到了外婆家。

小女孩终于见到了妈妈，妈妈抱着她痛哭失声，一句话也说不出来。小女孩也嘤嘤地哭，怯怯的伸手去擦妈妈的泪。妈妈的泪却是越擦越多，就像决堤的小溪。小女孩怎么也擦不干净，最后自己也跟着放声大哭起来。陪着流泪的外婆，拉开她们母女，劝说安慰着，好不容易让她们母女安静了下来。

在外婆家的三天里，小女孩寸步不离地跟着妈妈，就连妈妈上洗手间也等在门前。第四天的中午，妈妈和外婆在厨房忙碌，让小女孩自己去玩。

小女孩感觉到了，妈妈又要走了。

一台面的家乡菜，都是外婆做的妈妈最爱吃的菜。

妈妈到院子里叫小女孩吃饭。推开门，妈妈就惊呆了。只见院子的水泥地上，小女孩用粉笔在上面画了一个大大的女人。在边上写着：这是妈妈，她长得很漂亮，我像妈妈，也漂亮。我要永远睡在妈妈的怀里。妈妈不要走——

一张报纸铺在妈妈的胸前，小女孩竟然侧趴在报纸上睡着了，她一定是怕弄脏妈妈给她买的新裙子，才找来报纸。妈妈蹲在小女孩的身边，看着熟睡的她，眼角还挂着未干的泪水。妈妈再也看不下去了，用双手捂住脸，泪水奔涌：孩子，是妈妈太自私，让你小小的年纪就失去母爱。可你知道吗？妈妈在怀你八个月的时候，你爸爸就和别的女人上了床，这是妈妈不能接受和原谅的呀，你让妈妈怎么办，怎么活呀！妈妈哭着奔进房里：我活不了，我死了算了。看看院子里的孩子，她太可怜了……呜呜——

外婆拥住她：孩子，别难过。妈妈答应你帮你照看着她，没事的，有多少孩子的父母都在外面打工，孩子都是跟着爷爷奶奶外公外婆的，都活得好好的，没事的。不难过，不难过。

妈妈没有吃饭，在小女孩醒来前悄悄地走了。她留下钱，叮嘱大姐看好她的孩子。

小女孩上到初中，突然辍学，去叔叔开的饭店帮工。这个消息惊吓了女孩的妈妈：孩子还不满十六岁，怎么可以离开学校。她不顾刚刚被公司提拔到管理高层，工作忙，不好请假，但她这么多年的努力，从一个打工妹升到高层管理，成为城市的白领，这期间她付出了多少艰辛和心血，为了自己的将来，为了孩子的将来，她默默地承受着。可她万万没想到孩子会辍学，辍学——她还会有将来吗？

她回到家乡。

女孩的眼里有了一丝的怨恨和冷漠。在听到妈妈愿意为她能重新回到学校而负担她的全部费用时，她答应回学校好好学习，将来考大学。她明白只有有出息了，自己才不会受气，才不会招人白眼。她心里明白，在亲叔叔的饭店里干几个月的帮工，管吃管住不给一分钱。被呼来唤去的，稍慢还要招来呵斥甚至是谩骂，只有她自己才知道是有多受气。她还和她的亲叔叔吵了一架，因为他骂她的时候也骂了她的妈妈。她冲着他的叔叔喊道：你骂我可以，不许你骂我妈，她不好，也轮不到你骂。那是我妈！女孩的妈妈听到这件事，心里难过极了。

妈妈让女孩住校，重新开始了校园学习生活。可是女孩的心再也回不到教室里，不知跑到哪里去了。当她感觉到自己开小差了，便强迫自己拿起书本认真学习，可不到半个小时，头就痛得好像要炸开一样，甚至疼昏倒过。她觉得自己不是学习的料，有负妈妈的愿望。她悄悄地离开学校，不管别人怎么劝说都不去学校了。

女孩的妈妈无奈地放弃了对她考大学的安排计划。

数年后，女孩带着男朋友来见妈妈。小伙子不错，只是家在边远的贫困农村，出来打工，赚得一份辛苦钱。妈妈说：只要你们真心相爱，好好工作，会好起来的。她拿出自己多年打工存下的十万元钱为他们交了房子的首期，觉得心安了些，总算给了她一个属于她自己的家。女孩很开心，说了很多感谢妈妈的话。可在结婚和买家具的问题上，她们有了分歧。妈妈拿出两万，让买些简单的家具和生活用品。女孩不高兴，妈妈说让她现实一点：自己和老公赚的不多，婆家没钱，自己的爸爸连自己都快养不了，更没钱。靠妈妈一人要达到你的中高档次的家具是办不到的。女孩委屈哭着说：是你给了我希望，说将来给我多少多少，现在又让我的幻想破灭了……妈妈无语，不知该说些什么，默默地流下眼泪。女孩甩手站起：你有什么好哭的，给谁看啊，你说你不容易，给谁听啊……

妈妈回到家，郁郁寡欢，心事重重。现在的丈夫是位善良的老实男人，他有一个懂事的儿子。

“阿姨，怎么了？是妹妹惹你生气了。”

“嫌我给钱少了。”

“家里不是还有吗，先拿给妹妹吧。”

“那是你爸爸和我结婚前存下给你结婚用的。”

“都是一家人，还分什么你我呀。阿姨对我就像亲生，我也该为阿姨做点什么才觉得对得起阿姨。”

妈妈欣慰的拍拍他的肩膀。心想这也是一个苦命的孩子，从小妈妈就病逝了，欠下一大笔外债。他跟着爸爸居无定所，到处打工赚钱，爸爸用了半生的时间才还完债，他也只是勉强读完高中就和爸爸一起赚钱了，他的学习成绩是前几名的，当时他该是多么地想读大学呀。可他没去考大学，和爸爸一起在打工的城里安了一个简单而温暖的家。

妈妈想给女孩打个电话，告诉她哥哥愿意把自己的结婚钱拿出来先给她用。结果她先收到了女孩的信息：

我上辈子干了多少缺德事，这辈子有这样的女人和男人生了我，怎么都不去死呢！

两个不负责的人，怎么配得起我叫的爸和妈，不履行责任，当初生我干吗。我恨你们，两个不负责任的人，不配做父母的人。

妈妈看着信息，突然觉得心里空空的，有一种东西渐飘渐远，远得了无踪影。她没有悲伤，没有难过，没有流一滴泪水。反而觉得有一种轻松，一种安宁。负罪感突然消失了。在她的脑海里只是淡淡地冒出一个问题：

这都是谁的错，是谁在伤害谁呀，这样无知无理无情的伤害还要继续吗？太累了！放手吧！就在她这样想的一刻，泪水又涌上了眼眶。

二　会见室里的泪水

无声的泪水

静若幽兰

老母亲六十多岁了，身体还算硬朗，一生没有走出过大山。昨天她坐了一天的车，从千里之外赶到了这个让她陌生而又有恐惧感的地方——监狱。

老母亲站在监狱的门口，仰望着高墙电网和那紧闭的黑色大铁门。她的儿子就关在那里，失去了自由，老母亲想到这里眼泪就流了出来。

老母亲默默地跟随着带队警察走进了会见室。会见室里是房中带房。一个很大的加厚的玻璃房将犯人和会见家属彻底隔开，只见其人，不闻其声。玻璃房内一排电话，玻璃房外一排电话。

玻璃房内坐着一排光头，清一色的光头着清一色的犯人服。

老母亲找到了儿子的通话卡位，她望着用加厚玻璃与她隔开的儿子，心里一阵的痛。儿子拿起电话摇了摇，示意她拿起电话。她的手颤抖着拿起电话。

“妈！您一个人是怎么来的？那么远的路。”

老母亲说不出话，泪水泉涌一般。她把给儿子的500元存款收据贴在了玻璃上让儿子看。

“妈，您就那么一点劳保费自己留着吧，为什么还要给我留下，我不需要的，这里吃住都不用钱。”

老母亲泣不成声，狂涌的泪水顺着满脸的沟壑冲过面颊和嘴角，滴落衣襟。一头灰白的短发，耳边的头发已被泪水打湿，没规则的贴在脸上，一双长满老茧并开裂的老人手紧紧地握着电话，生怕掉了一样。她不说一句话，一双不停流泪的眼睛却一刻也没离开过儿子的视线，生怕听不清儿子在说什么一样。

会见是有时间限制的。

“妈，会见的时间就要到了，您这么远来了就说几句话吧。”儿子的眼泪再也控制不住地流了下来，哀伤的目光，悔恨的泪水。

老母亲摸一把脸，似乎想笑一下，但没有笑出来。

“妈，儿子不孝，让您受苦伤心了。”

“妈会在家等你回来，你爸托梦让我来看看你，他说你一定会记住这次的错误，会变好的。”老母亲努力憋着气息，终于说了几句话。然后就又开始流泪了。

儿子被带走了，被两个警察带出了玻璃屋，在她的视线里消失了。老母亲默默地流着泪，默默地走出了会见室的门口。

仰望天空，泪水长流。也许她在找寻在天堂里的老伴，她有太多的话要对他述说。

悔恨的泪水

静若幽兰

他坐在会见室中间的落地玻璃房内，双眼紧紧地盯着会见室的门口，心里充满了急切和紧张。儿子三岁了，他还没见过面，当年他还在妈妈的肚子里时，他犯事了。老婆答应他今天带儿子来看他，虽然是要付出在离婚协议上签字的代价。

老婆的身影刚刚出现在门口，一小男孩就挣脱了妈妈的手，兔子一般蹦跳着奔向玻璃房前。他一个个看过去，当他的眼光和他碰上的瞬间他停住了。

“你是爸爸吗，我在照片上看到你，我记得你脸上的那个痣。”

孩子的妈妈追上来，她坐在椅子上拿起电话。孩子学着妈妈的样拿起了另一部电话。通话家属有两部联通的电话，是为了方便家属。

“儿子长得像你，真好。”

“让你看到了儿子，你可以签字了吧。”

“看在孩子的份上，别和我离婚了。还有三年我就出去了，我好好改造，表现得好还能减刑。”

“我一个人带着孩子，又要工作又要管家，真的太累了。”

“妈妈你别说话，我要和爸爸说话。”孩子用力拉下妈妈的手。

“爸爸，你出来和我玩吧。”

“爸爸出不去。”

“为什么？那里不是有门吗？”

他望了一眼门口站立的全副武装的警察，不知如何向儿子解释，

儿子跑过去。

“叔叔，我要进去找爸爸。”

“小朋友，这里不能进，快回到妈妈身边去。”

女警过来了，妈妈也来拉住他。哇的一声，突然他就大哭起来，哭声伴着喊声：我要爸爸出来，我要爸爸出来。妈妈抱不住他，他在妈妈的怀里挣扎大哭。巡警阿姨也抱不住他，他在巡警阿姨的怀里更是挣扎大哭。三岁的孩子哪里来的这么大的声音和力量，他的哭喊声听起来是那样的惊天动地，就像是要把玻璃房炸裂一般。

“警官，求求你，求求你们。”玻璃房内的他看到孩子如此，他是痛不欲生，心如刀绞。儿子！爸爸对不起你啊！

孩子已是满头大汗，脸憋得变成暗红色，大口喘着气，可是哭喊声还是不停。

有关领导接到报告，立即赶来现场。看到孩子后，当即特批父子见面10分钟。

在休息室里，孩子静静地坐在爸爸的腿上，双手搂着他的一只手臂，一声不吭。他哭累了，疲惫的小脸靠在爸爸的胸前，一动不动。

“儿子，听爸爸的话吗？”

“嗯。”孩子点头。

“你先和警察阿姨去外边等妈妈，一会妈妈带你回家。你要好好吃饭，等你长这么高了，爸爸就回家了。好不好？”

“那你要天天和妈妈到幼儿园接我，别的小朋友都有爸爸妈妈接送，只有我是妈妈接送。”

"好。"他艰难地发出声音,看着孩子和女警出去了。

他扑通一声跪在老婆的脚下,没有以往不同意签离婚协议书时耍赖的神情和态度。一份沉甸甸的东西随着泪水流淌在脸上。

"对不起,求你给我一个机会,给我一个赎罪的机会。"

"我恨死你了,你让孩子一出生就没有爸爸。这孩子聪明,胆大,调皮难管,他从来没有大哭过。今天他把我吓死了。"

"对不起,对不起。我真想一头撞死在你的面前,可我……"

"你好好的,我和儿子等你回来。我走了。"

看着老婆离去的背影,他双手扣在地上,把头深深地低下去,呜呜的哭声传进了老婆的耳朵里。哭吧,也许这才是他悔恨的泪水。

爱的泪水

静若幽兰

咪咪是老公对她的爱称。她也的确像只乖巧伶俐、娇柔听话的猫咪天天围着老公撒娇耍赖。整整大了她十岁的老公也是倍加的宠爱,她就像生活在一个大花园里,享受着阳光、雨露和花香。晴天一声雷,老公因经济问题锒铛入狱。刑期十年,咪咪的天空塌方了。官太太、尊贵的夫人,一下子变成了犯人家属。

咪咪来探监了。这就是监狱吗,高墙、电网、岗楼,威严的国徽,这些都让她感到要窒息。胆小怕事的她从来没有想到过自己的生命会和监狱有关系。小心翼翼,胆战心惊地跟随着干警走进那漆黑的大门,直到走进犯人会见室,在干警的指引下看见坐在玻璃房间内的老公,她的心才安定下来。

一张画着淡妆的美丽迷人的面孔露出了笑容。

“你在这里还好吗?”一句轻轻的问候,她盯着神态有些木然的老公,心头一紧。泪水疯狂而出,她一手握着电话,另一只手扑拍着玻璃,她希望老公能抬起手,哪怕是隔窗相握。

“老公!你知道吗?我今天早晨穿了你最喜欢的时装裙,还特意为你画了你最喜欢的淡妆,你说我这样的装束美得像出水芙蓉。”

听着她娇喘微微、哽哽咽咽的语音,看着她哭花了的脸,真的像一只花猫了。

“咪咪,你还年轻,我们离婚吧,我不想让你再跟着我受苦。”

咪咪笑了，笑得很是轻松的样子。

“早就想到你会这样说，你放心吧。不管你有钱没钱，不管你在哪里，我都会等你，等你一辈子都等，别说是十年了，何况你表现得好，还能减刑。”

“你连这些也懂了？”

“对呀，我找朋友要了很多监狱里关于犯人的法律法规方面的书，我要了解你的情况才行。”

他眼眶发红。

“老公！别难过。”

“我妈……她好吗？”

“你放心，我知道你是孝子。我去工作赚钱，替你养她。能挣来我的吃穿，就不会少她的。”她说的有点信誓旦旦的。

老公的泪水滴落下来。当年他就是爱上了她的美丽、单纯和率真。她被自己宠养着，金丝雀一般的金贵。如今却要离开他羽翼的保护，独自觅食，还要带上他的老母亲。他太了解她的善良和她对社会现实险恶的无知。她怎么能应付得了呢？他心如刀割。

“老公，你别哭。人都会犯错误，只是你的错误犯得有点大是不是。没事的，我等着你。”她有些急，不知如何劝慰老公。

“咪咪，谢谢！我是利欲熏心，丧失了组织原则和做人的原则。悔之晚矣！你能这样对待我妈，我很高兴！你先回去吧，再好好想想。”

“我不用想的，我不会离开你。”

他望着她许久没有说话，会见的时间就要到了。

“咪咪，你先走。我只能目送你出去。”

“哦。”她答应着却不走，脸上带着笑，泪水却像是断线的珍珠，一串串的。

“好了去吧。听话!”老公深情地注视着她。

她撒娇般地瘪瘪嘴,她知道这个特别的撒娇只有他的老公才能感受的到。她带着满脸的浅笑,带着满脸的泪水,扬起手和老公告别。

就在她离开了老公的视线,走出会见室的大门时,眼前一黑,瘫软下去。

“怎么了,刚才还好好的,怎么晕了。”

女干警把她扶进休息室,用冷水拍头,用湿毛巾擦脸,一阵忙活。她醒了。谢谢!谢谢美女警察!你们可千万别把我晕倒的事告诉我老公。我不想他担心我,刚才见他我是硬撑着。其实离开他,我都担心自己活不下去,我就是个花瓶,没用的。但我爱他,所以我不能在他最无助的时候,最需要我的时候在他面前倒下。我得让他看到我的坚强,好让他有信心,好好地表现,能早日回家。

素面挂着清泪。此刻,看护她的警察们感觉她比刚进来时更加的美丽迷人了。

心酸的泪水

静若幽兰

在会见室的家属送款接待处，一位白发苍苍的老伯，灰土色的一张脸，挂满哀愁与无奈。

老伯弓着脊背，弯着手臂，颤颤巍巍地从内衣的口袋里摸出一个皱巴巴的手帕，手帕用塑料袋包裹着。他小心地打开，一张百元人民币和一沓散碎元角票紧紧地捏在手里。

“给我的儿子存200元，行吗？”他问得小心翼翼，生怕工作人员嫌少而不给他办理。

存完款，他就静静地坐在会见等候室等待广播叫名字。等了一会叫到他，他就急忙起身急匆匆地走向会见室，这里的行走路线他已经很熟悉。

看到了儿子，拿起电话。

“你妈不放心你，叫我来看看。”老伯的语音似乎比刚才交存款时更加的小心翼翼。

“给我存钱了吗？”儿子怨声怨气地问道，好像犯错的是老伯。

“存了、存了。”老伯一迭声地应着，“只是不多，只有200元。”老伯的声音就低了下去。

“那你来干什么？还要花200多元的路费，把钱都寄给我不就完了吗？”

老伯握着电话的手颤抖着，嘴巴张了张，两腮的肌肉抽搐着，好久才发出声。

“你妈的老毛病又犯了，这个月的退休工资都给她用了，你妈住院我也没时间出去收废品换钱。昨天来晚了，停止接见，我在外面的桥下呆了一夜。下个月，下个月会多给你点。”

沉默，无声的沉默。

啪的一声，老伯惊愕地瞪大眼睛，看着儿子把电话重重地挂掉了。老伯的心往下沉，沉到了无底深渊。话筒就停在了耳边，不动了。

监听警察刷的站起，摘下耳机，严肃地对犯人说道：“拿起你的话筒，对老人家说对不起。他是生你养你的父亲，看看他的一头白发，这么大的年纪每个月都从大老远跑来看你，你不觉得愧对老人家吗？”

犯人看了一眼警察，慢慢吞吞地去拿电话。玻璃窗外的老伯却放下电话，抹了一把眼睛转身离开了。他走得有点磕磕绊绊，哽哽咽咽地对自己说：他听警察的话，他还能听警察的话，这就好。

维持秩序的警察将老伯带到休息室，倒了杯水送到他的眼前。老伯一迭声地道谢，老泪就顺着脸颊的沟壑流淌下来。他说他和老伴是晚年得子，从小就娇宠着，要什么就给什么。可是儿子渐渐大了，要的东西他们就给不起了，他就去偷就去骗，管也管不了。

警察安慰着老伯，告诉他以后不用每个月都来看，钱也不用每个月给。他进来的时间不长，接受教育的时间也不长，但我们保证他一年后会有变化的，你到时再来看他，他一定不会是今天的态度。

老伯含泪离开了监狱，走两步回头看看，走两步又回头看看，那扇黑色的大门就像千斤重石压在心头。

他对自己嘟囔着：近期我不来看你了，你要好好地听警察的话，想你改好，在我咽气前能出来，能出来。老伯抹一把浑浊的老泪，灰白的头发在阳光的照射下就更加显得白发苍苍，脊背也更加的弯下去。

苦涩的泪水

静若幽兰

不知道进来了多久，只有儿子来看过自己一次。那些曾经的下属，鞍前马后赔着笑，恭维的话会说一堆的人都忙什么去了？那些曾经赶都赶不走的媚笑，主动投怀送抱的女人都在干什么呢？

他躺在铁架硬板床上，灰暗包围着他。走廊的灯光透过玻璃窗帘和门的缝隙给深夜的监房涂上了一点点的余晖。一个个光头发着微微的白光，鼾声正浓，他却没有一点睡意。他从没有想过，位高权重的自己会有一天沦为阶下囚，和一帮无知的蛮横粗野的人关在一起劳动、吃饭和睡觉。

百般滋味涌上心头，他想起了许多许多的过往。

就在他事业飞黄腾达的时候，妻子发现他在城郊包养了情妇，跟踪至此，捉个正着。盛怒之下要去纪检部门告发他，他好说歹说，妻子总算答应缄默不声张。条件是离婚，不想再看他一眼，也不得带走家中一砖一瓦，他只得答应。

净身出户的他来到给情妇买的小洋房。结果小情人告诉他，楼早已在两个月前就卖掉了，住到月底就要交给新的房主人了。

什么？卖了？你有什么资格卖，卖了多少钱？

280万，你当时不是说不能和我结婚，想结婚得等到你退居二线时吗？这二层小楼就是给我的青春补偿费吗？

他的肺要气炸了，心里骂道：你的青春值几个钱，我那是不敢写在自己的名下。国家已发出了反腐倡廉的重音。不是看在几个情人中你年龄最小、胆量最小的样子上，自己会把上百万的洋楼写在你的名下？他想此时老婆提出离婚更好，自己的私房钱足够和小情人过下半生好日子了。年方48岁，再生个一男半女的，小娇妻相伴，这人生过得就是一个“美”呢。可他做梦也没想到他乖巧听话的小美人背着他竟把价值三百多万的小楼，两百万就给卖了，狠狠地一巴掌扫过去：你的胆量不小啊，敢背着我把楼卖了。

你敢打我，你以为你是谁，当官了不起吗？有钱了不起吗？别忘了当初你是怎么把我骗到手的，别以为我不知道你有多少个女人，别以为我不知道你的钱是怎么来的。让我拿钱走人，咱们两清。你敢再打我一下，我就告发你。

你们女人是喂不饱的狼吗？

想什么呢，你大了我20岁，还要骗我说等你退居二线，你以为自己是皇帝？还不是瞒上欺下仗着自己是局长，做尽坏事。

哑巴吃黄连地咽下这口气。当下风声太紧，他不敢把事情闹大。

打老虎，拍苍蝇，他寝食难安。严打的网，眼见着在一天天收紧，他幻想着自己侥幸能是漏网之鱼。胆战心惊的一天天地煎熬着，终于有一天有关部门传唤他了。他的心在那一刻反而平静了下来，不再惊慌。该来的总归会来的。

漫漫长夜，无尽头。人走到这一步活着还有什么意思呢。他想他被抛弃了，被人抛弃了。黑暗中沉默，在沉默中酝酿着活与死的问题。

当管教叫他的囚号说有人来会见时，他几乎不相信自己的耳朵，还有谁会想着自己呢。

离婚的妻子，在会见室与他隔窗而坐。苍老憔悴的面容没有一丝的血色，也没有一丝的表情。她淡淡地说：

我就是来看看你。我们家的房子卖了，替你退还了部分赃款，否则你会判更多年，儿子怕你老死在监狱。

他的心紧紧地抽在一起，儿子大学刚刚毕业，工作的事他不敢问及。鼻孔连续扩张几下，他的嘴巴动了动，用嘟囔的语音说道：

经济犯罪从重处罚，我是赶在了风口浪尖上。

不是。是你人变坏了，变质了，否则什么浪尖也找不上你。想想当年你是多么的受人尊敬，工作是多么的为老百姓着想，怎么当上局长就变了呢。

女人说完默默地站起来，默默地向门外走。

房子卖了，你住到哪里去啦?!

女人没有回头。

是啊，当年自己是多么的有理想，有抱负，怎么就变质了呢。鼻子发酸，眼睛发热，几滴老泪从心头涌上眼睛，溢出，流落到嘴角，咸咸的，苦苦的，涩涩的。

感恩的泪水

静若幽兰

会见室里，叶子每天都能见到形形色色的人，看到哭哭啼啼的泪。时间一长，见惯了，也就不再受其影响。

等候大厅长条座椅上三三两两坐在一起的人，大多是家人一起前来探监的。林晓明默默地坐在一边，一颗惶恐不安的心，倍感孤独。五年了，他就要见到爸爸了，他有太多的话想对他说，但他知道除了几声问候什么都不能讲，只有这样爸爸才能安心，放心。他是第一次来监狱看望爸爸。

30 分钟的会见结束了，林晓明从二楼回到一楼等候大厅。他手拿一副眼镜，焦急地东张西望。一会他又上去二楼，一会又急步返回。六神无主，慌乱不知所措的样子。

叶子从执勤岗位走出来。

“小伙子，你要做什么?”

“给我爸买的老花镜，不见警察来取，我担心‘会见车’来了，催我们走，给不到他。”急切的语音带着哭腔，毕竟刚满 20 岁，还是一张稚嫩的娃娃脸。

“别急，别慌，我来打个电话。”

老花镜交到了警察手里，终于长长呼出一口气。他又坐到最后排的墙边，面向墙壁，背朝大厅。他将腰身深深地探向地面，把脸深深地埋在双手间，泪水奔涌而出。他控制得住哭声，却无法控制双肩剧烈的起伏颤动。

他那无声的痛哭，起伏的双肩，叶子看在眼里，想到那张还稚嫩的脸庞，她的心被强烈地触动了。叶子见惯母亲、妻子、女儿的嚎啕大哭，也见过男人、父亲默默的流泪。却很少有哭成这样的男人，哎，他毕竟还只能算是个大男孩。叶子拿起面巾纸走过去。

“怎么了，小伙子？眼镜不是传给你爸爸了吗？”

他抬起头，接过叶子递过的纸巾。

“谢谢！他老了，真的老了。我想给他留点钱用，可我却只剩下回去的路费。”

“家人呢？妈妈呢？”叶子坐在他身边轻声问。

“妈妈几年前在爸爸进来时就离婚走了。我收到爸爸的信说要老花镜，可我还没找到工作呢。”

“坚强点，男孩子不轻易流泪。长得这么高大有型何愁赚不来养自己和孝敬爸爸的钱呢。”叶子拍拍他的肩继续道，“怨恨父母吗？”

“不知道。生命是他们给的。但我恨那些往我家送钱的人，我爸是很好的人，没有他们我爸就不会进来。”

“孩子，那你想过，你的爸爸是秉公办事的好官吗？经得起金钱的诱惑了吗？做人要有原则，要有底线。不能违背道德，更不能触犯法律，否则就要受到惩罚。这些道理说出来谁都懂，可做起来不容易。”

林晓明低下头。许久抬起脸便露出笑容：

“警官姐姐，您人真好！”

“叫我阿姨吧，我的儿子和你差不多大。”

“他真幸运。有令他骄傲的父母。”

“父母不能选择，但生活的路你能自己把握，对不对？将来你也可以成为你孩子的骄傲。想过吗？嗯！”

林晓明看着叶子温和的目光不好意思地笑了笑。

“我回去就找工作。”他说得自信。

“好吧，阿姨再成全你的孝心。借你200元去存到你爸爸的账上。”

“真的吗？我爸爸是犯人，您相信我是好人吗？”

“相信。阿姨也相信你爸爸是一时糊涂犯下错误。记得下次来看爸爸时要还我哦，我叫叶子。”

“已经记住您戴的执勤卡上的名字和卡号：叶子，520。”

“小鬼。”叶子疼爱地揉了一下他的头。

“阿姨，我爱你！”

然后他就拿着钱开心奔去存钱的窗口。

会见车来了，导见警察组织队伍准备带队离开。林晓明突然从队伍中跑出来，跑到执勤岗前，隔着玻璃对着叶子深深地鞠了一躬。他抬起泪眼，泪水瞬间成串滚落。他盯着叶子，没说一句话，然后转身跟着队伍离开。

那是感恩的鞠躬，那是感恩的泪水。

叶子心中一酸，热泪涌上眼眶。她望着他远去的身影，想着他稚嫩的脸庞、无助的孤苦和即将要面临的生存的路。

孩子，你一定要好好的。我等你来还那200元钱。

三　红唇印

红唇印

静若幽兰

天空灰蒙蒙的，大地灰蒙蒙的，就连杨树的心也是灰蒙蒙的。这是怎么了？杨树感到心烦气闷，焦躁不安。似乎有什么事要发生，有什么危险在走近他。

一声炸响，轰隆隆的雷声随着闪电从头顶的上空滚过。

杨树停下脚步，抬头望天。

看样子就要下大雨了。

去哪里呢，三天没回家了，也不知道妻子是否还在生气。

叶子是女子监狱的一名女警察，穿上时装是婀娜多姿美娇妻，穿上警服则是英姿飒爽木兰女。性情柔中带着刚，爱憎分明有主张。

这不是吗？因为杨树衣领上的一个红唇印两个人闹翻了。

杨树是富二代，父母经商，上千万的身家。杨树大学学的是珠宝鉴定，毕业后就创办经营了一家珠宝商行。专业对口，生意做得是红红火火。追他的女孩那是成群结队，可他一个也看不上。到了三十岁时，他才在百花丛中看上了一个与时尚、浪漫、珠宝毫不搭界的监狱女警——叶子。

他们的相遇很偶然，那天叶子穿着警服走在上班的路上。杨树只看了一眼就被她吸引了。于是展开攻势，她被感动了，他们相爱了。到了谈婚论嫁时叶子才知道他是富二代，名副其实的富二代。

“我们般配吗？”她问。

“不般配，我的钱比你多得多。我爱钱，但我更爱你。”

“爱我什么？”

“爱你穿警服时的样子。爱你的单纯和浪漫，爱你喜欢用杨树的叶子，在不同的季节做出不同的书签，很漂亮。”

这就够了。

隆重的婚礼，豪华的住宅，甜蜜的婚期。

一个月后，叶子上班了，一切回归到正常的工作和生活。她早出晚归，甚至一连几天不能回家，杨树渐渐地就感到了失落。

老婆你别干了，辛苦又危险，工资也不高。那些女犯都是疯狂的恶毒女人，不是杀老公，就是卖小孩。说不定哪天发起疯来就会伤人。你辞职算了，在家做全职太太，我养得起你。

不行。那是我的事业，不是钱的问题。我的工作让我感到骄傲和自豪，我喜欢工作，工作的女人才自信才美丽。

杨树哑言。

一次洗衣服时，叶子无意间看到杨树白色衬衣领上印着个刺目的红唇印。

“不就是一个红唇印吗？有什么了不起的，值得大惊小怪吗？生意场上的应酬是难免的嘛。”

“难免的，唇印是那么容易印上的吗？这么说你是默许，甚至是渴望对吗？”

“你吃得好，住得好，给你买那么多的名牌服装、手包、首饰，你还想怎么样?”

叶子冷眼盯着他,一句话不说,直看得杨树目光闪烁不定,手不知放到何处才好。

叶子的双眼涌现出泪花。

一个红唇印对你来说真的是无所谓吗?但对我来说,是对爱情的背叛,是对我人格的侮辱,是对我神圣警察身份的践踏。这是我不能接受的,也是我不能原谅的,所以你必须要解释清楚这个红唇印的来历。

三天了,杨树没有回家,不知道自己是在生老婆的气还是不敢见老婆。手机突然响起,心里一喜,老婆终于来电话了。

不是,原来是酒吧女。

“树哥,那套首饰你还卖不卖我嘛?打 5 折可以了,人家可是交了订金在你的身上的,那可是有效的红印哦。”

杨树立刻挂断手机,他想起来了。朋友聚会,醉酒后狂言。他的确是答应她了,而且还答应她以后有好的首饰,只要她喜欢就都给 5 折。当场她就兴奋地抱着他,在他的脸上鸡啄米似的乱亲,朋友们笑翻了天,不曾想衣领上还给留了一个,不知道是不是有意的。

轻浮放荡的女人,什么东西,杨树懊恼地在心里骂道。

雨滴滴答答的,天更黑,地更暗,一场大风雨就要来临了。杨树回头望向家的方向,他想,该回头了。再往前走,天会更黑,离家的距离就会更远了。家里的老婆可是金枝玉叶,有才有貌有品格。他是爱她的,所以他才不敢回家,因为他不知道该如何向她解释那个红唇印。

手机有信息:请您回家,我决定了。

天啊!没有任何的称呼,老婆作出了什么决定,她竟然用了“您”字。已经有错在先,又三天没回家。这错上加错伤透了她的心吗？她对我就失望了吗？杨树感到紧张，从未有过的紧张。他的心加速跳动，双腿发软，他心里怕极了。

手机响了："树哥，你干吗挂我的机嘛！"娇声浪气的酒吧女人。

"我这里都是货真价实的珠宝首饰，虽然昂贵但不打折扣，更不允许伪劣假冒货进来。明白吗？"杨树严厉地说道，随后愤然而果断地拉黑了她。

杨树转身，向家的方向急步。他想，一定要在大的风雨来临之前赶到家里，向老婆坦白那个红唇印。只要她还能听他的解释，还能听他的忏悔。

又是一声炸响，轰隆隆的雷声随着闪电又一次从头顶的上空滚过，天昏地暗，雨好大啊！

他想：雨后彩虹会更加绚丽吧！

走出黑夜的孤独

静若幽兰

网上聊天三年。

突然有一天，两个人都想走下虚拟的世界看看真实的对方，于是相约见面。

夕阳染红了西边的天空，两部小车相约停在了城市文化广场。凭着网络视频的记忆和感觉，两个人面对面站住了，相互注视了几秒钟，网名为“白兔”和“夜鹰”的人笑了。

“我叫白荷。”她笑着大方地伸出手。

“柳溪。”他绅士般握住她的手。

“嘻嘻，有意思。我们是《荷塘月色》吗？”

二十二岁的白荷，内心永远是唯美的浪漫情怀，此刻一听到柳溪的名字，是满脸的笑容换成了满脸的惊喜。

“一幅绝妙的山水画对吧，巧合。”

三十三岁的柳溪，说话已显现出了一个男人的成熟与深沉。

彼此感觉很亲切，很美好。

白荷一袭合体白色碎花长裙，领口袖口是黑色软绸缎包边，同样的黑色软绸缎系在腰间，并在右侧腰间处打了一个小巧别致的蝴蝶结。整个人出水芙蓉一般，亭亭玉立。她悄悄地去观察柳溪，他修剪过的头发很有型，很规矩，是标准的好男人头型。脸也洗刮过，清爽干净。雪白的短袖衫，淡黑色的条纹，粗细间隔相宜，给人平添了几分活力。白荷心想:这是一个有品位的男人,像儒雅的学者,又像高智商的官员,又或是成功的儒商也说不定。白荷看看他们的穿着:好搭哦,情侣装嘛,她自己偷笑了。

“白云山庄”坐落在山脚下,依山形而建造,颇具特色。树根为台,山石为凳,参天大树为遮阳伞。几样农家小菜,相对而坐,惬意极了。

“谢谢你能专程来看我,没什么好招待,但要吃饱哦。”老大哥的语气。

“很高兴你能带我来这么幽静的环境共进晚餐,我喜欢。”

“喜欢就好。”

他们一边吃一边聊,夜色渐晚。各色彩灯在房檐、树上亮起,把整个庄园笼罩在温馨的梦幻之中。

“一直想问你一个问题。”白荷放下筷子,臂肘在台,手托香腮,眼里含笑。

“随便问,不用顾忌。”

“我觉得你是一个循规蹈矩的人,怎么会玩网恋呢?”

“我有网恋吗?”

“虽然你从来没有谈过感情问题,也没有说过爱字。但三年来,那些寓意深远的话题和在网上找不到我白兔,你就说吃不香,睡不着,心不安。那不是网恋吗?”

哼哼哼……他摇着头,很有节奏的几声笑从喉咙里滚出。

“减压,是到虚拟的世界里减压。平时周围有太多的虚伪,太多的尔虞我诈,社会的灰暗面看多了,影响心情。也是为了学习一下电脑知识,网络时代不懂电脑怎么工作和生活?所以当我看到你打出的那行字:‘我不嫌你打字慢,愿意陪你一起进步。’我便决定与你聊天,没想到一聊就是三年。”

“都想见面，可见了面，你怎么这么冷静呢？对我失望吗？”

“哼哼哼……”那有节奏的几声笑又从喉咙里滚出。

“我要你说话。”

“说什么呀！要下雨了，快把菜端到里边去吧。”他笑着站起来。

这雨来得太突然了，一阵风后，说下就下了。白荷和柳溪手忙脚乱地把菜端到有天棚的餐台上。

“我的包还在下边呢。”白荷望着柳溪。

柳溪没有犹豫就冲进雨中，冒雨把包拿了回来。

“你真是贵人出门多风雨。”他把包递给了白荷。

“你的衣服淋湿了。”

“没事。知道吗？平时都是别人为我做这些事。”

“是吗？你从来没告诉过我你是做什么的，是企业老总还是政府官员啊，那么多人溜须拍马。”

他瞪着她。

她歪歪头，耸耸肩，做了个鬼脸。此刻男人对女人有办法吗？他只有无语、无奈的笑了。何况他喜欢，他觉得她和网上的“白兔”一样说话毫无遮掩，单纯坦率得可爱。

雨一直在下。柳溪把车开过来后，拿着伞过来接白荷。当他把伞举过来时，白荷说了句：我要抱你了。话音未落，她的左手已经搭扶在他的手臂上，右手环搂着他的腰身。他没有说话，脚步匆匆，她有些跟不上，抬起头想叫他慢点，却见他表情紧张，脸涨得潮红。天啊，看上去也有三十多岁的男人了，没让异性碰过吗？还会脸红，现在还会有这样的男人吗？白荷想起了那两个正闹得沸沸扬扬的网络红人，都是四十多岁的政府官员，成功人士。一个在QQ里与女友裸聊，一个在博客里与情人相约开房。肉麻的丑态令人作呕。还大言不惭地问记者：你怎么能看到我的博客？真叫个无知、无聊、无耻。

哈哈！我遇到稀有珍宝了吗。白荷在心里欢呼。

车行驶在市中心，这是一座美丽的城市。特别是夜晚，万家灯火亮起来，五颜六色，高低辉映，极为好看。

“你看那个塔，漂亮吧。是我们城市的标志性建筑，是市塔。不知道为什么，人们都喜欢叫塔为‘小蛮腰’。”他介绍着侧脸看白荷。

“好高，好漂亮，好形象啊！你看：它是圆柱体，底部粗，中部渐渐收细，然后又慢慢张扬开来，恰到好处收手。整体被灯光包围，滚动的彩光，使得它通体透明，绚丽多姿，华美得让人晕迷。它就像一位优雅美丽的贵妇人，也像一位风情万种的红尘舞娘。这就要看你怎么欣赏它了。少女般的‘小蛮腰’，散发着成熟女人诱人的魅力。”

“嗯，有点意思，你听谁解说过。”

“是我对你的解说呀。”

哈哈哈……柳溪开怀大笑。

“笑什么？我说的不对吗？”

他依然笑，不回答她。

车转了几个弯停下了。

“到我工作的办公室看看吗？”

“好哇。”

他们一同下了车。他带她参观了他的工作单位，白荷一直跟着他一直也没说话，直到回到了车里。

“怎么了，一句话不说。”

“我没想到你是法院的经济庭的庭长。我觉得法官做久了，人就没有了情趣，没有了感情，我不喜欢做公检法工作的人。”

“电视剧看多了吧。好的形象就是铁面无私，坏的形象就是出卖灵魂，是不是？其实庭长是人，法官也是人，是人就有感情，而且我敢说他们的情更真、更深，只是轻易不会说出口。”

在文化公园的长椅上，他们坐在一起。谈他们的童年，谈他们的过去，谈他们的事业。突然间他们的闲聊戛然而止，望着对方沉默了。

“我想抱抱你，可以吗？只是抱抱！”柳溪说得有点费力，好在朦胧的灯光下看不清他的脸色。但白荷想他的脸一定又红了。

“我可以抱你，但你不可以抱我。因为你是男人，是庭长。”

“霸道，伶牙俐齿的，你这叫什么逻辑。好，不让抱就不抱，走吧。”他拍了一下她的肩，动作表现得大度而潇洒。可是白荷望着他的背影心里酸酸的，她知道他受伤了。于是她跑过去，从背后抱住了他。他站住了，身体僵着。白荷把脸贴在他的后心上，整个身体软软的，声音也是软软的，柔柔的。

“夜鹰，你不该在网络视频里让我看到你，从去年‘五一’节看到你，我就知道自己掉进去了。你更不该让我见到你柳溪本人，你知道吗？现在我想把你带回家，带回我的单身公寓。都说如今是没有爱情的年代，可你信吗？我不信。所以我在等待，在寻找。我喜欢坦荡、真诚、阳光、有尊严地相爱。可我爱上了你，也许我的生活里就会出现尴尬与难堪，可是我心甘情愿，因为我知道我只是为了爱你才来到这个世界。”泪水流在了他的后背。

柳溪慢慢转过身，他听不下去了，听得他心怦怦乱跳。

“不要再说了，你让我想想，也许我们真的不该见面。你让我一时不知道该怎样回答你。在网上我们从没有谈过感情问题，你还不够了解我的家族，我的情况，我的事业。”

“那些与我的爱无关，我无须知道。”

“今天你累了，我送你去宾馆休息，明天早晨我来送你回去。”他的语气不容置疑，没有商量的余地。

“这是庭长对我的宣判吗？不好回答，那就不要回答了，再见。”

白荷头也不回径直走向自己的车，委屈的泪水流满了双颊。

“你生气了吗？回去后上网，我有话和你说。”

柳溪冲着她的后背大声说。白荷没有说话也没有回头。

白荷半躺靠在床头，用被子将自己紧紧裹住。她还是觉得冷，这冷不是空气里的冷，而是由心里发出冷遍了全身。窗帘拉得严严的不透一丝的光亮，房间里没开一盏灯。她就那样寂寞孤独忧伤地把自己锁在漆黑的夜里，让漫漫长夜吞噬着她脆弱的情感，她不知道这样的夜晚还要陪伴她多久。她恨他，恨他将自己推进了痛苦的深渊。

凌晨五点，白荷打开了电脑，她决定让白兔在网上彻底消失。邮箱内，一些文字跃入眼帘：

> 小白兔我的傻瓜，你终于上网了。这一夜你是怎样过来的呀！手机关机，网上没人。想急死我吗？
>
> 夜鹰谢谢白兔陪他在网络世界里走过了寂寞的三年单身生活。
>
> 白荷来吧，听听我的单身故事，听听我的爱情故事。你就会相信爱情永驻人间，上帝永远眷顾真心相爱的人。
>
> 你的柳溪在等你！

白荷的大脑一时间失去了思维一般，僵住了。但她知道了：柳溪是单身。她笑了，不管什么故事都不是问题，因为她知道，只有他才能把她带出孤独的黑夜，走进阳光灿烂的日子。

月亮和太阳有个约会

静若幽兰

晨曦在白萌的心中是没有人能够代替的。

晨曦坚硬的性格，睿智的头脑，豁达的胸怀，就像一座山，一棵松，一片海。高大，挺拔，厚重。白萌自认识他的那天起就深深地迷恋他。他对白萌就像一个谜，令她不敢轻易地触碰，又不肯远离。所以在他们相识的三年中，他们始终是最好的朋友，什么话题都谈论，就是不谈论感情。

晨曦和白萌是在一次聚会上相识的，是电脑上的一个业余摄影爱好者组织的一次野外采风活动。白萌在这群人中年龄是最小的一个，人活泼可爱，很阳光。一路上，大家都很喜欢她也很关照她。野外宿营，是她第一次经历。兴致勃勃的，内心却充满了恐惧，又不敢说出来，怕别人笑她胆小。于是她便悄悄地观察，来的是三个女的，五个男的。另外两个女的看样子是认识的，一直走在一起说说笑笑的。傍晚他们在一个山顶拍摄了一组落日余辉，就下到一个山凹的一片草坪上，准备野宿。

组织者说：大家出来了就是一个集体，要互相关心。一起来，一起回，安全是第一，所以晚上的宿营，大家的帐篷尽量离得近些，不要离开队伍。特别是男同志的帐篷要在外围，女同志的在内。

白萌怀抱帐篷紧紧地跟在一个高大的男人身后，她觉得高大的男人给人安全感。男人选好了地点，放下帐篷。白萌急忙把帐篷放在他前边不远的地方，然后看看前后左右都有人在忙碌着，心稍稍安定些。

她看着眼前的帐篷，却不知从何下手。

“要我帮忙吗？”她看到高大的男人正好看向她这里，她急忙不失时机地笑盈盈的打招呼。

男人丢下自己的帐篷走过来。

“先帮你吧。”

“谢谢！”

男人干活很认真，很有条理。他让白萌帮忙扶着，很快就弄好了两个帐篷，一前一后。

“您经常参加这样的活动吗？”白萌笑问，她用“您”字和他说话，因为他看上去要比自己大很多。

“第一次。”他说话时脸色很平静，没有任何的感情色彩。话语简单，声音却是白萌特喜欢的那种低沉浑厚，富有磁性的男低音。

“您是什么单位，怎么称呼呢？”白萌仰望着他。

“你在公安局户籍科？”语气平缓，样子认真。

“不是，我是幼儿教师，业余喜欢摄影。”她欢快地回答。

白萌看到了他一闪即逝的笑容，那笑容让她感到莫名其妙，然后就恍然大悟道：

“噢，您是在笑我查户口吗？”

“晨曦，认识你很高兴。”他就伸出一只手。

“您一定是位有身份有地位的人。”

“怎么讲？”

“习惯性爱说套话，习惯性喜欢握手。”她带着几分调皮的笑伸出手拉住他的手摇动几下，绝对称不上是握手。她却不知道她的这个握手给晨曦留下了一个很舒服的感觉。

“我叫白萌。”

“白萌！很诗意，让人想起月光。”

“这么诗意的话，从你的嘴里说出来怎么那么没有诗意呀。哦！是因为您的表情。冷漠会给人造成心理距离，特别是对初相识的人。自然，放松，甚至随便一点，人才有亲和力。您看那山，那水，还有那天边的晚霞。在这样的环境里，人要和大自然浑然一体，自然的存在，不必拘礼才好。何况月光和晨光是属于同一个天空，对吧。”她闪着一双可爱的大眼睛盯着他的脸看。

晨曦不说话，脸上的表情却温和了许多，似笑非笑的。

“您冷漠的表情，是天生的吗？还是后天养成的？”

“男人本色。你是幼儿教师，若是心理学讲师那就更不得了了，口才了得啊。”

“您是嫌我话多了，好吧。那我闭嘴之前再告诉您一件事。知道我准备宿营时为什么一直跟着您吗？因为您给人一种不用言说的安全感。”

白萌说完，笑呵呵地扬手。

“晚安。”她转身进了自己的帐篷。

晨曦摊开双手揉了揉脸，伸了伸手臂。冷漠，没有亲和力。我是这样的吗？然后他摇摇头无声地笑了，笑得很开，很有亲和力的一张脸。

回到市区后，大家就各忙各的。白萌在工作后，闲暇下来时就经常想起晨曦。想起他的平静，甚至有点冷漠的样子，但他的身上有一股莫名的吸引力让白萌忘不掉他。

他人在哪里，在忙什么呢？白萌在上次摄影采风名单上找到他的联系电话。

“我在忙工作，你找我有事吗？”

“没事。”白萌只好放下电话，真是自找没趣，可是没过几天她又把电话打过去。

“在忙什么？”

“忙工作，找我有事吗？”他又是这两句话。

可真是个工作狂，什么单位呀，这么忙。

秋天来了，外面的景色变地姹紫嫣红，摄影爱好者又召集秋游。白萌想都没想就报了名，心里有小小的兴奋。出发那天，她早早就到了集合地点，可直到开车也没见到晨曦的身影。

白萌的心有些莫名的黯然失落。

一段时间内白萌不再联系晨曦，他让她感觉自尊心受伤。

“怎么没你的消息啦？”突然一条信息出现在她的手机上。这条信息是晨曦发来的，他的电话号码白萌是永远不会忘记的。面对着这句简单的问候，白萌傻傻的呆愣了好久。

“我以为您不喜欢我打扰您。”她发信息过去。

“习惯了你的电话，习惯了听你在电话里的声音，突然中断，有点不知所措，以为你出了什么事。”

“你是在担心我吗，那你请我吃餐好的做补偿吧。”

“想吃什么？”

白萌的心就兴奋地飘飞起来。

他们在环境清幽的山庄见面了，晨曦的面目表情依然平静。

“想吃什么？说吧。”他为她拉开坐椅，动作口气都很潇洒。

“一个汤，一条鱼，一个青菜。”

“这就够了吗？太家常菜了吧？”

“够啦！如果您是大款就给我来一只澳洲大红龙虾？一只就一千多元。”

她夸张的语气，夸张的眼神看着他。

晨曦看着眼前这个聪灵乖巧带着几分调皮相的白萌，心里很是舒服。他原本想请她吃几个像样的珍品佳肴，但他此刻改变了想法，就点了一汤一鱼一青菜。

看着她吃得有滋有味的样子，听着她讲那次秋游的趣事，看着她说他没去的遗憾和埋怨他没去时嗔怪的眼神，晨曦心想：女人啊，真的是不同。怎么可以有那种强硬的让人心寒的女人；又怎么可以有这样柔软的让人心疼的女人呢。

白萌脱俗雅致，简单快乐，就像一只百灵鸟在晨曦的眼前欢快地唧唧啾啾，这让晨曦的内心也随着舒畅快乐起来。

月上柳梢头，晨曦才把白萌送到家门口。

在后来的很长一段时间里，他们打电话问候，上 QQ 聊天。把彼此好的风景照片发到对方的信箱，享受着彼此的快乐。有时也相约在山庄小聚，白萌从不贪心，很容易满足，从不让晨曦多点菜，说吃不完浪费。但每次晨曦除了两样家常小炒外，都会为白萌要一个珍品菜肴，他喜欢看她吃得有滋有味的馋猫的样子。

又是一年姹紫嫣红的秋天。白萌萌在 QQ 上找不到晨曦了，发到邮箱里的照片也得不到他的点评，他在电脑上消失了。

周末，白萌拨通了他的电话。

“嗯，萌萌有事吗?”他的声音无精打采。

“您怎么啦?”

“没事。”

“不对，您的情绪不对。告诉我，怎么啦。”白萌的声音急得变调。

“最近我的心情不好。”

“我们是好朋友，有什么事说出来，我就是帮不到您，也是您最好的倾听者，说出来了就没事了，别闷在心里，会生病的。”

“也没什么，前一段时间别人给我介绍了一个女人，都准备结婚了，出了点问题分手了，有点郁闷。”

“什么？您还没结婚啊！”萌萌惊叫，“您是钻石王老五吗？我们认识这么久了，您竟然没说过。我还以为您早就结婚成家了，早就做爸爸了呢。”

“说这些干什么，和你有关系吗？”

“当然有啦。我要见您。”

“你就别给我添乱了，让我静一静，好吧。”

“不好，我要见您。”

“别任性，过段时间我给你电话。我又发现了一道好菜，我带你去吃。”

“您当我是什么？是吃货吗？”她气鼓鼓的声音。

“怎么这样说自己，我把你当朋友。”

“什么朋友？”

“你不要这样咄咄逼人好吗？我没想过，明白吗？”

“我不明白。”

“你别添乱了，好不好？”

“不好，我就要见你嘛。”她任性撒娇的声音。

“你再这样，以后我都不再见你。让我静一静，好吧？”他的声音疲惫中带着烦躁。

“那好吧。”白萌委屈的声音。

放下电话后，白萌自己都吃了一惊。为什么要见他呀？急着见他是怕他和别的女人结婚吗？这和自己有关系吗？

白萌让自己冷静下来，她要想明白自己这是怎么了。经过一段时间的思考，她终于明白了自己为什么这几年一直处不成男朋友。因为在她的心里没有人能和晨曦相比，可她到哪里去寻觅第二个晨曦呀。

又过了一段时间，白萌再也等不下去了，她又一次拨通了晨曦的电话。

“喂，萌萌呀。我以为你把我忘记了。”他的声音听上去恢复了平静。依然是白萌喜欢的低沉浑厚，富有磁性。

“可我忘不了你说的好吃的菜，我馋了。”

“那晚饭前我去接你。”

白萌上了晨曦的车，可两个人却都失去了以往的自然随便，都沉默着。这是他们相处几年来第一次出现的现象，有些尴尬，有些难言，有些不知所措。都想说话，似乎又都不知道该说什么，该从何说起。终于白萌耐不住了，她轻轻拉了一下他的手臂：

“把车靠边停一下吧，我想和你聊聊天。”自从上次通过电话，白萌就把和晨曦说话时的“您”字改用了“你”字。

晨曦没有说话，只是方向盘一打，车便停在路边的一棵大树下。

“这么多年我从来没问过你的情况，今天我想知道你的一切。”

“这么多年来我就喜欢你的单纯，快乐。和你在一起时，让我感觉生活轻松美好，但我不想让你搅进我的生活。”

“可我想知道。”

“你不会爱上我了吧。”

“是爱上你了。”

“我大了你差不多一轮。”

“我不介意。”

“可我介意。我儿子 16 岁那年就上了大学，他是我们家的骄傲。可也就是在那年，我离婚了。去年我儿子工作了，他说我应该再婚，好让他放心在外工作。”

白萌望着他，半天说不出话。

“没想到是吗?”

“是。因为现今社会的大多数男人对‘家里的’不满,就在外面‘彩旗飘飘’绝不离婚。而你却选择了离婚,这说明你相当看重家庭生活,不想迁就凑合,你是一个爱家的男人,我喜欢。”

“你的理解还真是与众不同。”

“你的儿子真的懂事,也一定有孝心。我喜欢聪明懂事的孩子,让我做他的妈妈吧。”

“开什么玩笑? 你都还像一个没长大的大孩子。”

“我没有开玩笑。”

“不行,我不同意。”

“为什么?”

“没有为什么,不同意就是不同意。”

“你大男人主义,你霸道,不讲理。除非你告诉我你不喜欢我。”

“喜欢和婚姻没关系。”

“你怎么可以这样说呢! 那什么和婚姻有关系,你已经有了一次失败的婚姻,那把你的经验告诉我,什么和婚姻有关系呢?”

晨曦不语。白萌急得泪如泉涌,抽抽搭搭地痛哭,她不知道该怎样向他表白自己爱他的心情,也不知道该怎样才能说服他,让他接受自己。

她唯有伤情地哭。

晨曦依然不语,坐在驾驶位上一动不动,任她哭,甚至不去为她拿擦泪的纸巾。

白萌心想:看来他对自己真的无情,便打开车门下了车。

“我会恨您一辈子的。”她痛苦地一字一泪地对他说。

他依然坐着一动不动,坚硬如磐石。

看着白萌伤心地走了。晨曦的心有痉挛般的痛,这是他从来没有过的感觉。就因为白萌的那句“我会恨您一辈子”的话。

他坐在车内望着白萌的身影渐渐地远去，眼前的雾气遮住了视线，让他什么也看不清了。

“萌萌，你若能理解我的心，就不该把我当敌人来恨！”

白萌看着这条信息，心里就像打翻了五味瓶。

时间在煎熬着两颗不同的心。白萌想着他和她相识的点点滴滴，她忘不了他，更恨不起来。她便去他常带她去吃饭的山庄，坐在他们经常坐的地方，要上几个小菜慢慢地吃。这天晨曦也来到了这里，远远的他就看到了白萌。他慢慢地走过去，站在她的面前。白萌抬头，他们的目光相遇了。久久地相望着，都希望从对方的眼里寻找到自己想要的东西。最后白萌站起来，幽怨地盯他一眼转身离去。

“萌萌，真的要把我当敌人来恨吗？你这个样子，还不如把我杀了算了。你真的就不理解我是为你好吗？”

这条信息让白萌看到了晨曦感情脆弱的内心，他正直善良。可是面对白萌，他有太多的感受，太多的控制。

这条信息也是白萌认识他以来，他说过的最没理智的一句话，也是最多情的一句话。这说明他在乎她，非常的在乎她。她对他的不理睬，已经让他方寸大乱。看到自己能够让一个成熟稳重、睿智果断的男人，这样优柔寡断，不知如何是好，白萌的内心得到了极大的安慰。

经过了一段时间的调整和准备，白萌又一次打通了晨曦的电话。

“晨曦大哥，我想通了，真的想通啦。”她愉快的声音响在晨曦的耳边。

“萌萌，这就对啦。”

“那带我去吃餐好的。”

“没问题，等着我去接你。”

月上柳梢头，晨曦又和以往一样把白萌送到了家门口。

“上去看看我的小巢吧。”

“太晚了，不上去了。”

“走吧。”白萌双手抱起他的手臂。

晨曦随着白萌上了楼。

房门滴答一声，落下锁。

白萌反身抱住晨曦，他抓住她的手臂：

“萌萌，别这样。”

她不说话，扬起泪光闪闪的眼睛，身子在他的怀里扭了两下，眼泪就刷刷地流下来。

萌萌啊！你不要后悔。

床上，他把她半搂在身体下的臂弯里。眼睛注视着她，一秒、两秒、三秒、四秒、五秒，他在她燃烧的眼睛里看到了鼓励，看到了急切，看到了渴望，也看到了一丝的惶恐。

萌萌！一声轻轻的呼换，他闭上了眼睛。随着他沉闷而短促的一声叫喊，他放开了萌萌，把脸埋在了睡被中。

萌萌隐约听到他在说：对不起，我做不来，真的做不来。

萌萌看着趴在睡被中的晨曦，她有失落。但她却深深地感受到了他那强烈的爱，爱意是随着那一声令人心魂震撼的沉闷叫喊传送给了萌萌。让萌萌知道他在理智地控制着自己的情感。

萌萌什么也没说，善解人意的她，温和地笑着，把晨曦拉起来。

晨曦的手机响了。

“萌萌，我儿子说有重要的事要和我谈，我现在要马上回去。”

晨曦走了。

白萌打开电视，电视正在播本市新闻。今天上午，市教育局新任局长——晨曦同志一行到市中心小学视察工作，下面请看详细内容。白萌萌看到了晨曦，意外的在电视上看到了晨曦。原来他一直在教育战线工作，是为人师表的带队人。难怪他做人做事那么的严谨认真。自己也太可笑了，在市幼儿学校，竟然没有在意新上任的教育局局长的名字。也难怪，她除了幼儿学校的园长，见过最大的领导就是小学的校长，局长似乎离她很遥远。

第二天，白萌正想与晨曦联系，却先收到了他的信息。

“萌萌，对不起。她回来了，想和我复婚，我儿子希望我能原谅她，毕竟她是他的母亲。”

白萌急了。

“那你当我是什么，和我感情游戏?”

“怎么可以这样说自己，怎么可以这样践踏我们的感情，我们相识三年啦。萌萌!”

“那你还爱她?”

“人的感情很复杂，除了爱情，还有同情和责任。给我一点时间，让我想清楚处理好，我也要对你的爱负责，对不对?”

“好吧。”

一个月过去了，两个月过去了，萌萌没有等来晨曦的消息。她想：也许他真的很难选择。那么自己该怎么办呢？放手吧。

于是她给他发了信息。

“别难为自己，随心而定。我们的过去就让它成为历史吧，潇洒地翻过去。从现在开始，我要和您有个新的约会，美好的就像我们的名字。月亮和太阳的约会。听来只是一个美丽的愿望，但我愿意让美丽存在。”

白萌把和他说话时的“你”字又改用回了“您”字。

很快她就收到了晨曦的信息，一条令她百感交集的信息……

高墙、电网、警魂

静若幽兰

一

南国的三月，是个多雨的季节。细雨如丝，斜斜地洒向大地。高山峻岭绵延起伏，云里雾里与天相连。山城监狱就坐落在这烟雨弥漫的群山环抱之中，它似与世隔绝，显得那么神秘、肃穆、威严，神圣而不可侵犯。

警车行驶在通往山城监狱的山间公路上，山路蜿蜒崎岖，车速较慢。前来监狱报到的女警——叶青青望着车窗外一闪而过的一座座石山，一语不发。李强一边开着车，一边兴高采烈地向叶青青讲述监狱警察的“多彩”生活，似乎生怕这苍凉的环境会留不住叶青青这只美丽的凤凰。

其实叶青青的思绪早已飞越了丛山峻岭，飘进了遥远的追忆之中。或许她正为自己曾一度受伤的情感作最后的梳理，为新的生活酝酿新的热情。

不知不觉中，太阳早已钻出了云层。云雾散尽的山野，像是镀上了一层金灿灿的光芒，让人觉得清新而富有无限的生机。

二

叶青青出生在一个小山村，邻居家有位大哥哥叫达威，一头乌黑又粗又硬的寸发，宽宽的额头，冷静的眼神，这使他整个脸庞不怒自威。小孩们都怕他，叶青青却不怕，还整天达威哥、达威哥地叫着。达威也喜欢她，常常带着她一块去上学。

达威读高中，叶青青读小学。

叶青青读初中那年，达威高中毕业应征入伍。叶青青知道后，心里一直酸酸的。等到她面对达威时，泪水就珍珠般的落了下来。

“达威哥，你要走了是吗?”声音竟有些颤抖。

“我还会回来的。”他半哄半认真地说。

“你一定要回来，我在家等你，等你回来给我讲外面的事情。”

“好。”他拖着长音用手拍拍她的头，似也有一种舍不得的感觉，却是一闪即逝。

三年后，叶青青考上了市卫校。她不想读高中上大学。她只想快些长大，快些工作，快些去看看已从部队军官学院毕业，正在连队当指导员的大哥哥——达威。

就在叶青青快要毕业的那个寒假，达伯伯突然喜笑颜开地当着乡亲们的面宣布:达威要带女朋友回家探亲了。这一消息让叶青青痛苦不已，欲哭不敢，欲诉不能。看来心目中的大哥哥早把自己给忘了，于是她提前回了学校。可后来她听说达威是一个人回来的，并没有带女朋友。再后来她又听说他不知为什么提前转业，和几个战友一块去了特区发展。

叶青青卫校毕业后，放弃了被分配在市医院工作的机会。她毅然决然地背起打工的行装，坐上了通往珠江三角洲的列车。

在叶青青眼里，达威永远是最亲近的人，是最优秀最帅气的男子汉。她多么希望，希望那个熟悉的身影有一天能猛地出现在自己的眼前。她要找到他，追随他，她要成为他终身的伴侣。

然而，现实却令她失望了。她几乎走遍特区的大街小巷，渐渐就感到自己的生命已随达威的不复出现而失去了光彩，失去了意义。

达威哥，你到底在哪里呀？

叶青青终于厌倦了都市，厌倦了漂泊，她感到自己的心好累、好痛，她真想闭上眼睛永远地睡去。

“青青，你想做女警吗？”突然有一天，叶青青认识的一名监狱警察——李强这样问她。

“我行吗？”叶青青从小就喜欢解放军叔叔和警察叔叔。

“我省是改革开放的前沿阵地，流动人口大。随着经济的迅猛发展，各种犯罪也随之增多。现在监狱警力不足，急需扩招，只是女警名额有限。不过我看你条件不错，还读过卫校，肯定行。”

叶青青的生命，仿佛一下子就有了活力，有了寄托。

三

警车在崎岖的土石路上爬行了近两个小时，视线终于宽亮了许多。这一带属于石灰岩地区，山峰绵延数十里。一眼望去，几十个村舍散落在大山脚下或是山坳之间，显得错落有致，别有一番风味。就在这较为开阔的地带，有一个较大的乡镇——山岭镇。警车穿过镇中心，再驶出五公里便进入了监狱管理区。监狱下辖五个关押点，顺着山沟沟延伸也有十多公里的范围。

山城监狱是个老监狱，创立于二十世纪五十年代初期。现在的机关办公楼是个两层建筑，建于六十年代初期。整个狱部三面环山，正面的那条土石路，是唯一通往外面村寨与城镇的道路，距县城五十来公里。这里自然环境差,交通极为不便。

当年监狱第一代狱警听从党的召唤,或拖家带口,或孤身一人来到这里,目的只有一个:管理教育罪犯,把罪犯改造成守法公民。他们白手起家,不畏艰辛,不怕牺牲,艰苦创业。白天和犯人一起开荒种地(当时干警没有发放工作制服,犯人也没有统一服装,故混在一起劳动,常常分不清谁是谁。只有看人头,才能分清谁是干警谁是犯人,因为犯人一律剃光头),夜晚就和犯人一样住进临时搭建的竹屋木板房。荒山野岭,杂草丛生,蚊叮虫咬,还时常有野兽出没。就是在这样的艰苦条件下,他们披荆斩棘,一路走来。不久,一座初具规模的监狱便硬生生地在这穷乡僻壤中拔地而起。

监狱是禁区,管理手段军事化,基本上不与周边村民发生联系。一旦遇有什么事都是通过地方政府协商解决。因此,周边村民对监狱管辖区域从来是望而生畏,不会轻易走近。

随着社会的发展和改革开放的不断深入,监狱也在不断发展壮大。进入九十年代,监狱已有不少“父子兵”(即子承父业,父亲与儿子同是狱警),看来用不了几年就会有第三代上阵了。三代人同在这大山沟里干着同一件事,真不知道是骄傲还是悲哀。有些老干警一辈子都没走出过大山,别说是省城,就连县城也没去过,最远不过是到附近的小镇走走。人临退休了才跟领导请求,说是想借用公家的车跑一趟县城,看一看如今的城市和会跑的火车是啥模样。

听起来很苦,很悲哀,但也很悲壮。

“我们到了,这里可比不了珠三角那些特区城市。你要有思想准备,监狱工作真的很苦,很枯燥。你不会当逃兵吧?”李强感慨地朝叶青青望了一眼,结束了一路的“讲解”。

叶青青下意识地笑了一下,她的感觉还算不错。

警车停在了办公楼前。

叶青青看到高大的镀锌铁门上方，五星红旗迎风飘扬，威严的国徽令人肃然起敬。抬眼望去，千米之外的高墙、电网、大黑铁门，想必就是关押罪犯的监管区了。

望着不远处苍凉的群山，望着眼前黑色的大铁门，叶青青想到社会上不是有人笑说：当狱警还不如当罪犯，罪犯还有个出监的日期，而狱警则是“无期”徒刑。是啊，人们畅谈英雄、畅谈英雄无畏时，往往将目光投向冲锋陷阵、英勇杀敌、抓捕罪犯的解放军和公安干警的身上，有多少人想过狱警一辈子窝在这里，为了教育、挽救罪犯，为了维护社会稳定而付出的努力和牺牲呢？

叶青青喜欢这里，一方面是因为她也来自山村，熟悉那份久违的宁静；另一方是因为她向往警服那种特有的威严和其含有的神秘色彩。

叶青青稍稍整理了一下衣服。她昨天接到监狱政治处通知，让她今天到一监区报到。一监区与狱部办公区相邻，关押了监狱三分之一的罪犯，是一个重点监区。

此刻，叶青青精神焕发地跟随李强进了监区领导办公室。

“这位是我们的达监区长。”李强为叶青青作介绍。

“欢迎你，我叫达威。”

天哪！叶青青只觉得“嗡”的一声，血即从心脏窜向大脑，眩晕得险些倒下。她满脸惊愕，却努力控制着自己。她终于看到了那一头乌黑的卷发，宽宽的额头，冷静的眼神。这是一张多么熟悉而亲切的脸啊！是的，他正是她多年来依依不能忘怀的大哥哥——达威。这令她感到太突然，太意外了。她激动得想叫声达威哥，却叫不出口，想喊声达威，更喊不出声。她真想扑进他的怀中大哭一场——为什么你把我忘得这样干净？这一急，眼泪就涌满了双眼，一句话也说不出来。

“怎么了,你不舒服吗?”达威皱了皱眉头。在监区他是出了名的严肃、威严、正直,女干警们从不敢和他开玩笑。

李强忙为叶青青解释,说叶青青可能是太劳累,一下子不适应。

“你先带她去休息一会吧。”达威冲着李强硬邦邦地交代了一句,然后迈步离去。

“达监区长,我叫叶青青。”她定了定神,还是不顾一切地喊了出来。

达威回过头望着这双泪眼,似曾相识。他终于认出了叶青青就是家乡邻家的小妹妹,于是紧皱的眉头渐渐舒展开来。

四

傍晚,山岭镇一间简陋的小饭馆,达威为叶青青接风洗尘。

“真没想到啊,你也选择了警察职业,而且还来到我们单位,天地真小。”达威望着叶青青似有些感慨,脸上却挂着笑意。

“是苍天怜我心,让我找到你。”

“找我?”达威疑惑地盯着叶青青。

“我是说我不喜欢都市里眼花缭乱的生活,我喜欢这里安宁的环境。”叶青青赶紧绕开了话题。

“你说这里安宁?看来你对监狱还缺乏了解。这里可是一个特殊的地方,有斗争、有暴力、甚至有死亡的危险。看你弱不禁风的样子,真应该好好锻炼。你是学医护的,我介绍你去监狱直属医院吧?”

“我就是要在监区工作。”叶青青态度坚决。

达威给叶青青夹了些菜。她一边不紧不慢地吃,一边看着达威。

“你早就结婚了是吗?”叶青青突然问。

“对,有一个女儿和她妈妈住在城里,我爱人是小学教师。”达威直爽地回答。

叶青青低下头去,双肩开始抖动。她感到似有一把尖刀刺在心头,眼泪却再也控制不住。

“青青,你怎么了?”达威不解地站了起来。

“我早就想到你结婚了,可我就是不肯放弃。一路打工,一路找你。这么多年过去,我都决定放弃了,可为什么还要让我撞到你,为什么?为什么你不等我长大?你说很快会回来,我说过等你的,可你却结婚了,你就从来没想过等我长大娶我吗?”叶青青哽咽着,几乎想一口气把心中的话全说出来。

达威被吓住了,一时不知所措。他的眼前出现了他参军临走时她流泪的样子。她美丽善良,多情可爱,可她毕竟是个小女孩呀!

“青青,不要哭,你听我说。”

“我不听。”

达威似乎又看见了十多年前她站在家乡的小河边轻扭身子,跺着脚,向他撒娇发脾气,让他背她过河的情景。

达威只好轻轻拍了拍叶青青的肩膀。

“青青,别这样,你已经长大,已经是一名人民警察了,懂吗?”

叶青青不语,任由眼泪横流。

五

在李强的争取下,叶青青留在了监区。她被安排在管教办协助李强的工作,并且和李强的姐姐——李佳丽住在了同一个宿舍。

达威是永远的忙碌,只有在开会的时候,叶青青才能见着他。

监管改造、敌情分析、警察素质、反腐倡廉、创建文明监区等一项项工作,让叶青青仿佛走进了一个陌生而又令她兴奋的世界,她深深爱上了这一具有挑战性的特殊职业，同时也深深为达威对她的冷落而感到委屈。

五一劳动节的夜晚，监区举办联欢晚会，请来了所有干警的妻子和未婚妻。达威开场白后，意味深长地朗诵了汪国真的一首诗：

不要给我们太多的情意
让我们拿什么还你
感情的债是最重的啊
我们无法报答又怎能忘记
给我们一个微笑就够了
如薄酒一杯，似柔风一缕
这就是一篇最动人的宣言啊
仿佛春天温馨又飘逸

大家都有些惊疑。他们不敢相信平日里一个那么冷静、威严的监区长竟有这般细腻的情怀。

“我们不是不食人间烟火，我们只是工作起来没有时间和精力去想别的问题。在使命感与责任感面前，我们选择了工作，而委屈了你们。我代表监区领导和全体警察谢谢大家了！谢谢大家的理解和支持！”达威说着便站起身来，给大家敬了一个警礼。

掌声响起，其中女同志的掌声尤为热烈。

叶青青望了望达威，随即站起身来也为大家深情朗诵了自己写的一首诗：

你是一只雄鹰
留给我无限的遐思
踏遍青山绿水
我一直寻找你的踪迹

苦苦的思念

伴随着苦苦的追索

因为我坚信

乌云终将离去

在那太阳升起的地方

我愿意随你而飞

李佳丽看到了叶青青目光中所含有的几许忧伤，也看到了达威平静的面孔下略带的几分凝重。她似乎看出了什么。

在接下来的日子里，两个女警常常会自觉或不自觉地谈到达威。

“青青，你和达监区长是一般的老乡关系吗？”

“是啊，他是我的邻居大哥哥。”

“就这些，我怎么觉得不像？”

“那是你想多了吧。”叶青青眼中闪过一丝柔情。

在你来我往的交谈中，叶青青渐渐知道了达威是如何历经坎坷，从一名普通警察成长为监区长的。同时，她还知道了达威是组织上重点培养的未来的监狱领导。

“佳丽姐，你看到达监区长时，是不是会心跳加速啊？”

“想什么呢你，我天天见达监区长，如果天天心跳加速，还不得心脏病啊。”

两人说着说着就笑呵呵地抱在了一起。

叶青青怎么也不明白，李佳丽这样一位风姿绰约的美女警察，为什么三十出头了还是孤身一人？

六

当社会上大哥大、小轿车等奢侈品随处可见时，监狱警察却依旧坚守在这片清贫的土地上。当然，监狱绝不是墨守陈规，它的改革也在悄悄进行，公正，公开，公平，严格执法，创建现代化文明监狱业已成为发展的主旋律。面对社会上的各种诱惑，监狱警察也不可能置身事外……

“青青，等我一下。”李强从后面追上来，“刚才的会议你觉得开得好吗？”

“你和达监区长一样看不起我，认为我什么都不懂。”

“我敢吗，我还唯恐你看不起我呢。不过青青我要提醒你，你要学会看问题，学会分析问题。现在国家改革开放，各行各业都在发生着翻天覆地的变化。监狱也会受到影响，我看体制改革是迟早的事。眼下监狱各级领导面临改选，达监区长的工作压力很大，我们一定要支持他的工作，不能给他添麻烦，懂吗？”

叶青青望着李强认真严肃的样子，似乎明白了什么，心想，达威能有李强和李佳丽这样的同志真是幸运。

“对了，李强。你听说张副监区长和犯人之间的一些事了吗？”

“听到了一些。”

“那些问题都是真的吗？”

“我们不好在下面瞎议论，但我相信纸是包不住火的。”

一连几天，艳阳高照。一轮茶叶采摘的大忙时节即将来临。

监狱的千亩茶园大多分布在高山坡地上，曾经是犯人主要的劳动改造项目。由于茶叶的经济效益不高，遇上天灾虫害一年就白辛苦了。直到 1994 年底，根据国务院第十七次会议精神：干部吃皇粮，犯人吃囚粮，工人挣口粮。监狱为了解决干警家属子女的就业问题，减轻干警的后顾之忧。也为了减轻监狱的经济负担，增加监狱的收入，引来了灯饰、制衣等外来加工业。

大部分犯人也从野外作业回到了监区内新建的厂房车间做起

了来料加工业。只留下百亩上好的茶园，由一个大队一千多重刑犯管理、采摘、制茶业。这一年监狱首次实现了全年无一犯人脱逃事件，首次实现了监管安全年。

监狱对待犯人实行了分类分级管理，为防止交叉交流相互影响。对重刑犯的管理是最严格的，劳动强度也是最重的。集中在一个中队，每天天刚亮，就由武警官兵手持实弹钢枪和狱警一起将百名犯人押送到百亩茶园，将他们分散到各自的茶树管理片区，开始一天的劳动。

这天和往常一样天刚亮，监狱的黑色大铁门哐哐当当的一阵响，两扇铁门打开了。两部警用摩托车缓慢地开出来，每部车上坐着两名荷枪实弹的武警战士。后面是两排长长的队伍，一色的光头，一色的囚衣。队伍的两边依然是持枪的武警战士和带班的狱警，队伍的后面跟随两部警用摩托车。整个队伍出了监门，向茶园地进发。路程较远，大概需要半个小时。山路崎岖难行，当队伍行进一半时，一个犯人突然摔倒，然后大叫："痛死了，我的脚崴了，我要去医院治疗。"带班的狱警领导急忙奔过去问询查明情况。

李强在大队部的管教办工作，但由于监狱警力不足，碰到基层的干警有事请假，他就经常要下到基层带班，今天他刚好在场。和几个中队的带班领导碰了一下头后，一致认为犯人黄三有故意逃避劳动的意向，不同意送去医院，也没有多余的警力分身。于是由两名狱警架扶着送上了队伍后面的警用三轮摩托车上，带去劳动场地。同时通知叶青青带上医疗卫生箱，赶来劳动现场。

摔倒的犯人叫黄三，是广东人，初中文化，家里开办了一小型造纸厂。因生意与人发生争执，与堂弟黄石一伙拿刀砍人致重伤，犯故意伤害罪。黄三被判 15 年有期徒刑，黄石被判 8 年有期徒刑。进监狱后黄三一直不安心劳动改造，依仗家里有钱，在狱室内号称牢头狱霸。用小恩小惠拉拢个别犯人，欺负不听他使唤的犯人，给监狱教育改造罪犯的工作制造了很多麻烦。经常受到监狱规章制度的惩罚，扣劳动表现积分，关禁闭等。

本质善良的黄石经过教育改造，思想有了很大的进步。意识到自己的盲目仗义害了自己，也害了他人和家人。他积极劳动，积极改造，表现得非常好，经常受到表扬。经监区研究决定，便把黄石调到了监区犯人的环卫组当了组长。

这让生性野蛮霸道的黄三怀恨在心。

叶青青背着医药箱站在监狱大门前，焦急地东张西望，她在等出去办事的警用三轮摩托车，送她去罪犯劳动场地。

“叶青青，你要去哪里?”张副监区长开着警车停在了前面。

“在茶园劳动的罪犯有一个叫黄三的犯人说是崴了脚，中队长和李管教通知我马上到采茶工地去。”

“哦，快上车，我送你过去。”

叶青青在两名男狱警的陪同下为犯人查看了伤情，擦伤比较严重，但并没有伤到骨头。她做了处理和包扎，向张副监区长和带班中队长、李管教作了汇报。

犯人看到张副监区长到了现场，就更是叫得厉害，嚷着要去医院治疗。

“派一名武警战士随我和叶青青同志把他送去医院检查一下，避免犯人说我们违反规定，劳动受伤不给治疗。”张副监区长作出了决定。

带班中队长和李管教都不同意，一点点擦伤就要去住院，很明显是逃避劳动。何况他表现一直不好，一点擦伤就同意他泡在医院，这在犯人中会影响很坏的，他们一致同意先送他回监仓休息两天。

犯人被副监区长带走了，没说怎样安置处理。李强他们几个人一商量觉得应该将此事汇报给正在外出参观学习的达监区长。于是李强拨通了电话汇报了当时的情况。达威监区长听完后作出指示，等他开会回来后再研究处理。

黄三在监仓内休息了两天，以身体不适应体力劳动为由，被张副监区长直接安排在狱内干散活的犯人机动组。他又一次与堂弟黄石见面了。黄石每天负责带一组犯人打扫监狱周边的卫生。

最近黄石的情绪很是低落，老婆一连两个探监日都来看他了。告知一人在家带着两岁的女儿过生活，很是不容易。黄石原本一家人是和父母兄嫂一起生活的，家里开着一个小型的机械厂，生活还是富裕的，家里还盖起了三层小楼房，他们每户住着一层。可自从他有事去找堂兄黄三，正赶上他与人厮打死拼。他参与进去把人打成重伤，被判入狱。现在老婆哭诉在家遭到不公平待遇，本来在厂里管财务的她，被公婆兄嫂赶回了家。每天有干不完的家务，整栋楼的打扫，全家人的吃喝。一天忙到黑，他们只给她一点生活用品，从不给她一分钱的工资，又不让她外出，像个佣人一样受气，所以她有离婚的意思，要离开他们家。

黄三知道此事后，就利用每天出工搞环境卫生时，不断地与他嘀嘀咕咕。在黄三的教唆下，黄石的思想更加波动不安稳。

七

达威外出参观学习回来了。

一连几天的阴雨天，把整个监狱笼罩在烟雨朦胧的潮湿阴暗之中。黄三、黄石他们一直没有搞卫生。今天的雨停了，要大搞一次卫生。他们被带到监区大门外开始了劳动，黄三、黄石便把垃圾一直向路边清理。

一个小时一清点人数时干警发现少了两名犯人，立即汇报。

达监区长接到通知，了解情况后，立即拉响警报。

警报声从监区办公楼传出，人的精神高度紧张起来。

“不好，一定是出大事了。”李强和叶青青同时冲出办公室。

“各中队速将犯人全部收仓，封闭犯人的劳动区和生活区。全体干警分组围捕罪犯。二十四小时内，必须将罪犯追捕归监。”达监区长声音如雷，双眼似乎要喷出火，他愤怒了。

这两个脱逃的犯人，正是在他出差时，张副监区长从采茶组调出来干杂活的黄三和黄石。他们利用打扫卫生的便利，逃脱了干警的视线，钻进了路边荒废的茶园地，向山上逃跑。

达监区长出差回来后，繁忙的工作令他还没来得及找副监区长谈。

但是发生了犯人脱逃事件令达监区长感到深深的自责，立刻组织警力进行设卡、布控、守候和搜捕。他亲自带队封锁了几处进出监狱的交通要道，整个监狱的干警、职工、家属都被动员起来积极参加到围捕逃犯的战斗中。并向周边村庄贴出告示，告知村民提高警惕，发现情况及时汇报，协助监狱围捕逃跑的罪犯。

这是监狱实现监管安全的第三年，之前监狱发出了要连续实现五年监管安全年的奋斗目标。这才是第三年，一定要通过这件事好好总结一下，以达到教育警示犯人不要做错上加错、罪上加罪的事。提高警察管理水平，增强防范的意识，这是下一步的工作，眼下是如何将犯人尽快找到，抓捕归监。

追捕指挥部设在了监狱狱政科。

天黑云重，雨还在不停地下。

李佳丽焦急地等待着追捕的消息。她的父亲就是这所监狱的第一任最高管理者，而她是与监狱同龄，三十年的风风雨雨，坎坎坷坷，与监狱的发展同苦同乐，她已深深地爱上了这片神圣的土地，深深地爱上了坚守在这里的战友。

“天已放亮了，怎么一点消息都没有。达监区长的胃病很严重，这一夜又是风雨又是饿的，怕是受不住啊！”李佳丽不安地在房间内不停地走动，她像在自言自语，又像似对叶青青说。

“那我们去换换他们吧。”叶青青怯怯地说，中途入警的她，心一直都在紧张地跳。

“好，我们抄近路去。”

她们走在通往三岔路口的林间小路上，雨虽停了，林子里却依然水漉漉的，道路泥泞难行。李佳丽走得又急又快，叶青青一声不敢吭，紧紧地追随在她的身后。寂静、阴暗的林间令她一阵阵的心慌，心跳。突然李佳丽停住了，回头对她做了个不要出声的动作，用手指向前方不远处。叶青青顺着她指的方向，她看到了一个光秃秃的脑袋身子躲避在一棵树后在东张西望。

“佳丽姐，是逃犯，怎么办？”她惊慌失措地叫出了声。

罪犯闻声慌乱地窜出，李佳丽一甩手，将对讲机丢给了叶青青：

“青青，快向指挥部报告。”李佳丽真后悔没有去装备科领武器，但她顾不了许多了，凭着对地理环境的熟悉，只身朝罪犯抄追过去。

叶青青抓着对讲机猛然醒悟，她一边跟踪一边急促地呼叫指挥部，向指挥部报告了发现逃犯的地点。当她追上去时，只见李佳丽的手臂、前胸都在流血。玩命拒捕的凶残逃犯看到青青追上来了，便又一次举起匕首刺向李佳丽。李佳丽用尽全力一脚踢飞了他手中的刀，再也无力与他搏斗，慢慢倒了下去。

“佳丽姐，佳丽姐！”青青扑过去，哭喊着。

“青青不要哭，不要怕，我们是警察，决不能让罪犯从我们的眼前逃掉。你报告了指挥中心没有？别管我，快去拖住他，不能让他再逃进山中。不要怕,我们的人很快就会赶到的。”她的声音虚弱得几乎听不到了。

“是!”叶青青抹去眼泪,拼命追了上去。

当达监区长带领战友们赶到时,被眼前惊心动魄的场景深深地震撼了。李佳丽卧于血泊之中,青青被强悍的罪犯拖出数十米之外。只参加了一个月急训的她,此刻只能拼命抱住罪犯的一条腿,任凭脸与手被韧草、枝条划出斑斑血迹。她的心中只有一个信念:佳丽姐,挺住啊,我不会给你丢脸,我死都不会放手。

几部警用三轮摩托车响着警笛从不同的方向呼啸而至,年轻的战友们愤然而起冲向逃犯,狠狠地将他按倒在地,迅捷地将他那双罪恶的、沾有战友鲜血的手铐上了手铐。

战友们噙着泪花抱起李佳丽。

叶青青被扶起来,人们看不清她脸上是血水、泪水还是泥水。她猛地挣脱了战友的手扑向李佳丽,“佳丽姐——”她痛声大喊。

在送李佳丽去医院的途中,叶青青将耳朵贴在李佳丽的嘴边,听她断断续续的心语:青青我知道你爱达监区长,但你要记住,他不属于你,也不属于我,他属于监狱事业这片神圣的土地。支持他,理解他,就是爱他。

“佳丽姐,你不要说了,不要说了,等你治好了伤,我什么都听你的。”

“恐怕没有机会了,青青,你听我说……”李佳丽的声音听不到了,她的眼睛渐渐地闭上了。她把随身带的钥匙放在了青青的手中,便永远地去了。

叶青青在李佳丽珍藏的日记中看到了如下的内容:

> 我可爱的战友们:我知道你们都喜欢我,可我不能变成十个李佳丽嫁给你们,我知道因为地理环境及工作性质所致,你

们很难找到如意伴侣,城里的姑娘不“下嫁”。但我相信这种悲哀会随着改革开放的不断深入而有所改变。

我知道自己爱上了不该爱的人,但我无法控制自己不去爱他。虽然这种感情已被净化的泥土覆盖而不能发芽,我却不愿离开他。只要还能感受到他的气息与威严,我情足矣!心甘情愿在他奔波回办公室时,送上一杯淡淡清茶,在他遇事急躁之时,送上一支香烟与火机……

我真嫉妒达监区长看青青时那种爱怜与关心的目光。他将青青交给我,让我好好地照顾她,我明白他的良苦用心……

李强我的好弟弟,你需要怎样的努力才能将青青的心拉到你的身边呢?

叶青青感到一下子有许多问题一齐向她压过来,让她应接不暇,承受不了,她还来不及思考清楚这些问题人就昏倒了,连续高烧不退,当天就住进了医院。

达威和他的战友们还在山上继续搜索罪犯黄石。一天的时间就要过去了,24 小时内再找不到罪犯黄石就要向省局汇报了。监狱全年的安全奖金没了是小事,在全省监狱系统通报可不是光彩的事。

傍晚时分,达威突然接到电话,说是有村民捆绑了一个光头男子来到监狱。达威迅速带上李强下山,赶回监狱。结果村民绑来的正是罪犯黄石。听村民讲,这个犯人也许是又饿又困,跑进了他们山上看果园的木屋,偷吃了他们的晚饭后,竟然在木屋里睡着了。村民们收工回屋正好撞上,抓个正着。村民还说犯人一点没有反抗,还主动要求村民把他送回监狱。

监狱表扬奖励了村民,把他们送走了。罪犯黄三和黄石被戴上刑具分别关进了禁闭室,等待处理。

叶青青住院后一直是昏昏沉沉，恶梦不断。一会大叫：佳丽姐挺住啊……一会又叫：达威哥哥不要走啊……一连几天她就这样，偶尔清醒便泪水不断，一语不发。

李佳丽的生命、爱情、日记和临终前说的话，似雪山温泉带着一种震撼、一种境界、一种感动，让叶青青经历了一次难忘的、珍贵的人生灵浴，她突然觉得自己轻如鸿毛。

一个星期后，叶青青高烧退了，人清醒了。

"青青，对不起，我没有照顾好你，让你受了这么大的打击和惊吓。"达威从心里佩服着青青，心疼着青青。

青青不敢睁开眼睛看达威，在她住院的这几天里，达威有时间就过来，但每次她都闭着眼睛装睡。她突然间不愿接受达威的任何关心与爱护。

"青青为什么不和我说一句话。有什么想法就说出来，别憋在心里，好吗？你这样不说话，我心里很难过，很不放心，你知道吗？"达威坐在她的病床边柔声哄说着。

"你知道佳丽姐爱你吗？"她坐起来望着他说了第一句话。

达威无语，似乎不知该如何解释。

"你自私，你冷漠无情，你不值得我们爱！你知道吗，佳丽姐是用自己的生命在维护你的事业和监区的荣誉。你想过她的感受吗，她早该恋爱结婚了，可她爱上了你！"叶青青涨红了小脸，泪水涟涟，也许她也想到了自己。

达威背过身去，他与李佳丽朝夕相处了几年，有谁比他更了解她的心事呢？可他能做的只有沉默。可此刻他的鼻子却是酸酸的，眼睛潮湿了。

张副监区长被追捕归监的犯人告上了审判台，收受犯人黄三的钱财物品数额高达万元之多，临近退休的他为自己光荣的一生画上了一个悔之晚矣的黑色句号。

退出赃款，引咎辞职。

叶青青工作之余把所有的时间和精力都用在了学习上，一年后拿到了入学通知书，她的理想是进修后去女子监狱发展自己的事业。

李强被任命为中队长，他写了一封长信，准备等叶青青入学后寄给她。

达威因工作成绩突出而被提升为副监狱领导，主抓狱政教育改造，成为监所战线上最年轻的监狱领导人之一。

八

叶青青手持一束鲜花默默地走进那片小树林，拜祭过李佳丽，又默默地走出小树林。心中有说不出的悲哀、孤苦和遗憾。突然，她看到一身便装的达威迎面走过来。目光深深，脸色凝重，那刚柔之躯带着震撼之威。青青的心又一次加速狂跳，她无法控制内心的平静，她爱他，爱得刻骨铭心。

“青青你连一个招呼都不愿和我打，就这样走吗？你真的不肯原谅我，真的就这样怨恨我吗？”

青青低头不语，眼含泪花。

“看到你这样，我心里很难过，我希望你活得快乐。”

“是真的吗？可我恨你。我没有佳丽姐爱得那么伟大、那么高尚。我当初就是为了找你才出来打工的，我要你爱我、宠我、疼我，可是……可是……”青青的眼泪不停地流。

达威轻轻地拥抱了她。胸腔里一声长长的叹息，青青在他的怀中明显地感觉到了。她不再言语，只静静地享受着达威那宽阔的胸怀。

“青青！那你想我怎样做呢？我能怎样做呢？”达威的目光越过青青望着远方忧郁地说。

“我……”青青抬起头，四目相对，心与心在交流。

是啊，她还能要求他怎样做呢。

再见了，达威哥哥！

叶青青坐在车上，轻轻地打开达威刚刚送她的精装日记：

岂能尽如人意，但求无愧我心。

叶青青的泪水又一次涌上了双眼，模糊了视线，滴滴答答地落下，揉碎了达威的临别赠语。

九

叶青青走了，没有了一点消息。达威的心会时常涌起一股莫名的牵挂。他无数次拿起电话，又无数次放下。他想也许他该放手让她自己去飞，这样对她也许会更好。

周末达威准备回城，他已记不清又有多久没回家了。每次想起这些，都会让他感到深深的歉疚。上次回家夫人和他说要辞去小学教师的工作，去广州南西女士开办的美容院学美容。这让他大为恼火，在他看来美容和腐化、堕落、色情近在咫尺。夫人讲的美学价值观和她对美容事业的前景展望，他听着就不入耳。看着夫人对此的兴奋与滔滔不绝令他不解，他从没有感到自己对她是如此的陌生。当初他选择了她，因为她是教师。教师是园丁，狱警也是园丁。他们应该有共同的人生目标，共同的人生向往。

他准备和她谈谈了，他觉得自己对她关心不够，为人夫却没有尽夫责。

结果他看到的只有一封短信。

达威：

请原谅我的选择，这样的日子我过够了。

你有你热爱的事业，可以长期不回家。那我和女儿算什么，在你的心中我们都不如你的犯人重要。看看外面的世界，人家是怎么生活的，你又给这个家带来了什么？

我走了，去追求我的美容事业……

达威阴沉着脸，双手将那封没有看完的信，慢慢地狠狠地揉成了一团，紧紧攥在手中。他气愤地喘息着，定在房屋中一动不动。许久之后，他的目光开始环顾着房间中的每一件家具，他的心有微微的痛，紧攥的手似乎在慢慢放松。

十

监狱一把手因工作需要调去了省局，达威受厅局党委委托代理党委书记、监狱长主持监狱的全面工作。厅局党委要求他要在短期内胜任此项工作，尽快进入角色。

地处穷乡僻壤的山区监狱，在改革开放不断深入的今天，要寻求一条适合它发展的光明之路，还真是难。工作千头万绪，该从何抓起，更何况以季副监狱长为首的几个老领导正以不信任的眼光望着他。

是党的年轻化、知识化的干部任用政策把他推上了这个位置。他是监狱党委领导班子里最年轻的，也是唯一的具有本科学历的领导。

经过一段时间的深入基层调研工作，经过一段时间的认真思索。一个具有远见卓识、开拓创新的伟大设想在他的脑海中渐渐形成。

季副监狱长等人看达威整天下监区，不是找老同志聊天，就是找监区长或是年轻干警闲谈，回到办公室便是提笔伏案。他们认为他挑不起监狱工作的重担。

达威突然开始了大的动作，召开了监狱党委会议、监狱党委扩大会议。紧接着召开了全监干警、职工动员大会。他知道要想振兴事业，必须要先振奋人心，要让全体干警、职工看到监狱的发展前景，让他们自觉地加入到这场伟大的变革之中。

他在动员报告中分析了监狱贫穷落后的原因，阐明了整改方案和措施。他说：监狱必须要随着时代的进步而进行体制改革，完善监管制度化。废除旧的思想，改变监狱的现况。

"同志们：这第一步，我首先要解决好干警的吃饭、睡觉问题。只有吃好了，睡好了，才有精力做好工作。我们大部分的干警都是单身，所以这个问题一定要解决好。"会场上响起了雷鸣般的掌声和年轻干警们的欢呼声。他继续道："监狱的面貌也一定要在短期内改变，让我们的监狱成为花园式的监狱。到那时候，我们的干警还会愁找不到好伴侣吗？到那时就不是她们要不要我们的问题，而是我们选不选她们的问题了。你们说对不对？"

"对！"干警们嬉笑着，用力鼓掌。

一场动员大会在异常鼓舞人心的振奋中结束了。

不到一年的时间，达威带领全监干警顺利完成了犯人从事野外采茶作业到室内加工作业的转型。改变了罪犯逃脱隐患严重、生产效率低的情况，实现了将全监狱的罪犯集中在围墙内集中接受劳动改造的目标，形成了具有自己监狱特色的生产模式，为下一步实现连续监管安全和建设现代化文明监狱奠定了坚实的基础。

监区饭厅职工一改以往的懒散、应付的工作作风，全心全意变着法做出各式菜肴，服务于一线干警的用餐。新组建的环卫队确保了监区与干警的居住区卫生。绿草如茵的草坪上点缀着具有观赏美的名木花卉，它们形成的隔离带，将粉刷一新的旧楼房、旧房屋衬托在美丽、整洁、规划有序的绿色植物之中。

来料加工业给监狱带来了滚雪球般的经济利益，他们边生产边投入使用。正在扩建整改的监狱招待所和就餐、娱乐为一体的综合服务楼工程也已接近完工。

达威工作设想的第一阶段工作即将圆满成功。

就在这时，省局派来了以纪检副书记带队的工作调查小组。

晴天一声雷。

调查组的人煞有介事，找谈话，一次、二次、三次。开会调查、分析、研究，一天、二天、三天。弄得人心慌慌，议论纷纷。几个唯恐天下不乱的好事之徒不知是否受人“指使”，像跳梁小丑到处无事生非。

季副监狱长天天下监区检查工作，回到办公室就一份文件、一份报看得很认真。好像监狱里什么事都没有发生。与共和国同年龄的他，父亲为他取名叫季国庆。为中国的解放事业奋斗了一生的父亲，对共产党领导的新中国有着一份深厚的感情。因此从小就教育他热爱祖国，长大要为祖国的建设出力。他不负父望，参加工作当了监狱警察。工作勤勤恳恳、兢兢业业。九十年代初就进入了监狱党委班子，副处级，一干就是六年。一把手调走后，他想这位置非他莫属，是他大干一场，显身手的时候了。结果他的文化、年龄都不符合条件了，而且还要面临着明年或后年的“一刀切”的残酷现实。随着社会改革开放政策的不断推进，监狱体制改革的不断落实，他觉得自己一下子从波峰跌入了波谷。失去了重心、失去了平衡。他看不惯达威说一不二，说干就干的“霸权主义”。在他的眼中达威就是一个“败家仔”，好好的东西拆得乱七八糟，花钱如流水。他不能不管，他要向上级反映他的问题，他要向党负责。

达威对调查组同志近似“逼供”的口气，忍无可忍，终于在调查的第八天愤然发问：“你们到底想查什么，这么多天你们查到了什么，你们还有没有一点工作效率。我可没时间奉陪。”

他拂袖而去。

夜晚小镇酒吧雅间内，满房烟雾弥漫，酒气熏人。一直陪着达威的李强看着不胜酒力的他喝空了啤酒、喝空了白酒，他知道他今晚劝不了他，只有默默地陪他喝。

“李强，这工作没法干了。你说我真的错了吗？我有挥霍公款吗？我恨不得一分钱掰成两半用。我有受贿吗？我收了谁的财物。在这里我光棍一条，家不在这里，工资有时被有困难的干警借去急用，我都忘了是谁。你说说我是一个贪财的人吗？李强——你说说啊——为什么想干点事就这么难呢？”

李强的鼻子有些发酸，他看到了达监眼里有晶莹的泪水。

“达监，别喝了，醉了伤身体。”

“这里没有达监，只有达威。”

“好！威哥。已经深夜了，我送你回去休息吧。”

“你也让我休息？我知道有人想让我休息，想让我停手不干，想无事生非整垮我。我就不信，我非要和他们争个是非曲直。”他站了起来，身体有些晃荡，情绪有些激动，他说着又拿起一瓶酒，也不往杯里倒了，举手仰头——咕噜噜、咕噜噜——

“别喝了！你还知道有人想找你麻烦，那你就更应该保持清醒的头脑，喝酒能解决问题吗？”李强一把夺过他的酒瓶，大声制止他。

达威被镇住，瞪着虎眼，逼视着李强。

“对不起，威哥。我是为你着急。”李强放低嗓音，轻声道。

达威抬起手在李强的肩头重重地拍了两下，朗声笑了，然后语重心长地说：

“李强，你也是大队教导员了，担子也不轻。在这个关键的时候，你那边的工作不能出现任何问题，避免有人就题发挥。警察队伍需要你这样的人啊。我没事的，我走了。”他头也不回挺胸阔步走出了酒吧，走向了夜深人静的监狱，走向了他工作的办公室。

李强远远地望着黑暗中那亮灯的窗口，他能感受到那颗沉痛难言的心此刻正在滴泪、滴血。作为同志，作为一个男人，他能了解一个如此热爱自己事业的男人，最大的伤痛莫过于他人对自己工作业绩的抹杀和不理解。

李强奋笔疾书。

三天后，一份以李强为首的几十名干警、职工签字的联名材料呈报到了省局局长办公桌上。

此材料引起了高局长的高度重视，立即召开局党委会，针对两份同是反映达威同志的、但内容却截然不同的材料作了认真的分析后，决定派出第二调查小组，由赵副局长带队。

赵副局长是近年从基层提拔起来的，是位有胆识的实干家。一身正气，两袖清风。业绩显赫，在八十年代末期，全国的监狱正处在监管制度不严，监管设施落后，罪犯脱逃时有发生的情况下，他领导的监狱却曾创造了连续五年无一罪犯脱逃和无一重大事故发生的成绩，创造了奇迹。在全国监狱系统赢得了很好的口碑。

第二调查小组没有和监狱打招呼，一行人到监狱后分组分别进入基层，晚上回招待所会合，这期间赵副局长谢绝一切来访。到第三天，赵副局长召见了第一调查小组和第二调查小组的全体人员，要求他们整理好调查材料准备回省局。

临行前监狱召开了党委扩大会会议，赵副局长作了重要指示。首先他批评了达威对第一调查小组的不配合的态度，达威坦然检讨了自己的错误，汇报了自己的思想、工作，态度不卑不亢。

会后，赵局长在招待所单独召见了达威。

“你小子，够牛的，乌纱帽还没戴稳就要起态度来了。”达威刚进门，赵局长就开口了。语气爽直、硬朗带着责备。

“赵局，我……”

“好了，你先坐下。我私人和你聊聊，我看你是个人才。”

“多谢局长看得起，我不会说话。”

“你是不会说话，几句检讨的话都说得硬邦邦的，是不是心有不服啊？”

“赵局，我不是不服，也不怕查。我是看不惯那种官僚作风，要吃要喝，装模作样。我更看不起那种当面不说，背后使绊子的人。我敢说你不亲自下来，再过一个星期都不一定有定论。那对监狱的工作相当不利，我也不好再开展工作。不管怎样吧，我都希望局党委能尽快给我一个结论。改革开放的年代，效率就是生命。我不敢说我的想法都是对的，我是边干、边探索、边总结，但我敢说我创造的价值远远超越了我‘浪费’的价值，我问心无愧了。”

“好了！别的不多说。我问你，你的招待所和综合服务楼在半月内能否全面完工。”

“保证完成。”

“那好！我走了。”

“我送您上车。”

“你呀，还是留在这儿闭门思过吧。”他拍了拍达威的肩笑着走出房去。

达威挺了挺胸，望着这位气度不凡、政绩显赫的副局长，重重呼出一口长长的闷气。

半月后，达威接到通知。赵副局长带队，一行十几人要来监狱现场参观学习。

这可是监狱从没有过的荣誉。

达威作了充分的准备，汇报、座谈、交流。赵副局长不但带来了各监狱的领导，还带来了对达威同志的监狱长、党委书记的正式任命文件。这年监狱被省局评为先进单位，达威被评为先进个人，并荣立个人二等功。

也是在这一年他还与当地政府共同完成了国家安居工程的试点任务，在城市的市区为我们的警察建造了300套安居房，使大部分干警的父母带着孙子孙女走出大山，孩子们也进了城里的学校。

金秋十月，硕果累累。达威此时正伏案提笔，凝神思索他的下一个工作目标。增强警察综合素质，提高执法执纪水平；加强监管制度，提高经济效益，为他的下一个工作目标打好基础。

由于监狱是60年代建的老监狱，设施陈旧，地处边远的深山区。交通不便，信息滞后。这很大程度上影响了监狱的发展，已跟不上时代的步伐。根据司法部“两个战略转移”的要求。他想把监狱搬到城市郊区去，这是一个大胆的想法，是新时期的改革创新的壮举。早在几年前，他刚刚接任监狱一把手负责监狱的全面工作时，就向有关部门递交了报告。

自筹资金，增容扩建一座现代化文明监狱的美好设想。

电话响了，夫人告诉他。她参加的“美在花城美容美发大赛”获奖，受到省有关领导的亲切接见、鼓励，并合影留念。达威心想：自己是否真的像夫人说的很落伍。想一想自她离职去学美容后，几次见面，几次争辩，几次的不欢而散。哎！人各有志，由她高兴吧。达威这样一想心里就轻松起来、愉快起来。便约好一家人回城里的家中好好过个周末，放下电话后越发地想见她们母女了。

达威细心地挑选了夫人、女儿爱吃的水果，满心的欢喜。推开家门眼前一亮，整个家变了样。雪白的墙壁，华丽的地毯。精美的吊灯、各式装饰小灯与金星闪烁的大幅落地窗帘相互辉映。围在奶黄色沙发中的茶几上别具特色的水果盘中放着几种色泽鲜嫩的进口水果。看着这豪华的房间，崭新的耀眼。达威感觉自己似走进了星级宾馆，豪华的张扬，感觉很不真实。

“爸爸，你回来了。”晶晶兴奋地从里边跑出来。她接过达威手中的水果，嘴里嚷着让他换拖鞋，拉着他去观看装饰美观舒适的卧室，然后带着他进了厨房。夫人已将饭菜摆好在小饭厅。

“看来你们母女是发了财，我一个月没回来，这陋室变宫殿了。”达威尽量用笑侃的口气。

“妈妈是想给你一个惊喜。”

“是示威吧。”

“你还好意思说一个月没回家。你这是表扬还是批评，告诉你又能怎样，你是有钱？还是有时间帮我呢?”夫人责怪地看他一眼。

“是我不好行了吧。做了这么多好吃的，我的肚子都咕咕叫了。”他笑呵呵地坐上了桌。

在家的感觉真好。

第二天一早他的手机就响了，值班的政治处主任向他汇报：省局通知星期一来监狱检查工作。

于是达威打了李强的手机。

警车沿着新华路前行。

“李强，你看前边对面好像出事了。”

对面是中巴车站的一个站点，一部中巴刚刚开走。人群中一个男人冲了出来，一个女的紧追上去，拼打起来，女的一招一式一看就知道有功底。又一个男人冲了上去，夹击住女的拉开了阵势。

“看情形一定是便衣女警抓扒手。”

“停车，快去援助。”达威下了命令。

“是。”

车门一开，达威和李强同时冲了过去。李强三下五除二按住一个，达威飞起一脚，便衣女警漂亮的一拳，另一个也趴在了地上。

巡警也闻声赶到。问明情况，巡警要求他们一同回局，局里对见义勇为的好市民给予表彰和奖励。

警察履行职责而已，握手告别，巡警带走了扒手。

“报告监狱长，叶青青学业完成，今天归队。”

“嗯！好样的。”达威盯叶住青青，看到她一脸明朗灿烂的笑容，他深感欣慰。

叶青青走向李强。

“嘿，李强！怎么没有一点表示，不欢迎我回来。”

“哪里，你出现的太突然、太意外，你把我给镇住了，大脑都转不过弯了。”

哈哈哈……

“李强，怎么样，巾帼不让须眉吧。”达威赞赏道。

“厉害，真是厉害。阔别三日，当刮目相看。”李强一边笑说一边摇头。心里话：真是一朵霸王花，娇美柔韧，勇敢顽强。同时他也感到有一丝的尴尬与别扭，因为他在叶青青上学的这两年里给她写了几封信，却未见回音。不知是故意不理他，还是没有收到。

但愿她没有收到。

“李强，找个好酒店，我请客。为我们的女英雄接风，怎么样？”

“没问题，上车。”李强兴奋地一挥手。

十一

叶青青回到了她曾经工作的监狱。望着整洁、美丽、规划有序的环境，倍感亲切。地方政府也把土石山路修成了国家一级公路，与城市国道相接，现在进城只需一个小时。

叶青青手持一束鲜花来到李佳丽的墓碑前，碑前已有另一束鲜花，看样子刚刚放了不久，还娇嫩新鲜，是谁来看佳丽姐了呢？

叶青青站在墓碑前，默默地闭上眼睛：佳丽姐我回来了，我想你的灵魂已经升华为一种精神融进了我的生命，让我从一个胆小怕事，脆弱多情的女孩变得成熟、坚强，我将是你生命的继续。

叶青青走出小树林，发现在前方不远处有一个男人，和一个青年大男孩，一老一少缓慢地走着。叶青青认出来了，他就是几年前犯了错误的张副监区。人看上去苍老了许多，背都驼了。当年他退款后引咎辞职，他的儿子和儿媳便离开了此地，到外面闯世界去了。据说在外面发展得不错，几次回来要把他和孙子接走，离开这里。他不但不走，也不让老伴和孙子走。他还让孙子考进了警官学院，没有人知道他的想法是什么。

叶青青追上了他。

“张副监区，您这是去哪里啊。”

“呦。这，这不是叶警官吗？”他卑微拘谨地小声说道，完全没有了当年当副监区时的风采和霸气。

“我是叶青青，您还是叫我青青吧，和当年一样。我进修学习毕业回来啦。”

“回来好，回来好。你和李佳丽都是好警察，我愧对你们啊。”

“爷爷别说了，我们回去吧。”青年上前拉他。

“他是我的孙子，叫张卫华。在警校读书，就快毕业工作啦。”说这话时他的眼里闪现出了高兴和自豪。

“叶姐姐，我经常听爷爷讲起你和李姐姐，还有监狱里的达监狱长、李教导员。他说你们都是好警察，让我将来就跟着你们，好好向你们学习。这几年，每逢节假日他都要带着我来给李佳丽警官送上一束鲜花和他默默的忏悔。”

少年说完就去追赶他的爷爷。

望着他佝偻着身躯，慢慢而默默向前迈进的双腿。叶青青的眼里涌满了悲凉。

叶青青住进了单人宿舍楼，她的后阳台正对着达威的前阳台。这是达威的安排，一定让她搬出她和李佳丽曾经共住的那套房，他希望叶青青能有一个新的开始。

在学校叶青青系统地学习了罪犯心理学和公文写作，所以她申请到李强的大队搞一个试点，做犯人的心理咨询工作，被批准了。心理咨询，在监狱里还是一个新的尝试。

叶青青的生活非常有规律，早 7 点 30 分上班，晚 6 点 30 分回到宿舍楼，就足不出户了。亮灯到深夜 11 点钟准时熄灯。她不参加任何社交活动场所，高高兴兴地生活上班两条线。

不久她的论文《浅析搭建心灵沟通桥梁的重要意义》一文在省监狱系统有关内刊发表。

“青青，听说你的论文发表了，拿来给我看看。”

一天下班，叶青青听到达威叫她，愉快地站定等他。

“我不拿给你看。”她笑笑的。

“为什么？”

“我怀疑你的诚意，你是真的想看吗？”

“你怀疑我的诚意？！”他瞪着她，她笑嘻嘻的不回答他。

“其实我已经看过了，写的不错。不过，我怎么看那些论点都不像是从你这颗小脑袋里出来的，怎么看你都像个不成熟的大女孩嘛。”达威微笑着亲切地用手指敲点着她的脑袋。

“你看不起我！”她撅起嘴巴，生气的样子瞪着达威。

“好了，我们的大才女，别生气。帮我个忙，这个周末我女儿和她妈要过来，你去帮我买两套梳洗用具，再帮我收拾一下房间行吗？”

“好哇，不过你要请我吃一餐好的。”

“早就想犒劳一下才女了，今晚就请客，我们一起去吃。”

“和你一家人，我才不去做‘电灯泡’。”青青又故意撅起小嘴巴。

“说的什么话。”

叶青青歪歪头一笑，拿过达威手里的钥匙转身走了。

叶青青打开达威的房门，和她的单身宿舍一样的，一厅一室一卫。这是叶青青第一次走进达威的房间。厅里的一切都是那么的简单明了，一台电视，一套沙发与茶具，都摆设得整洁有序。卧室内更是一目了然，一张大床，一个衣柜和一个书柜，一样的整洁有序。看得出来他仍然保持着军人的生活习惯。

叶青青走进洗手间、走上阳台，她实在看不出有什么地方需要整理和打扫。只感到房内有些闷闷的气味，于是她打开了所有的窗门，让风从四面八方吹进来。

叶青青坐在书柜前，浏览着那一排排的书，军事天地、军人；中国监狱、中国司法，一柜的书却只有这两个内容。

唯一的一本小说是《山楂树之恋》，他也喜欢这本小说吗？这本书叶青青可不止看了一遍。她认为那是一部最干净，最纯真，最美好的一部爱情小说，也是她最喜欢的一部爱情小说。

叶青青的目光最后落在了一张镶嵌在一个精美的相框内的彩色照片，是一张全家福。青青拿起来，静静端详。她的目光渐渐呆散，她用一只手盖上那母女俩，心里说：达威哥，我该怎么办，我忘不了你，在我的心中除了你已经装不下别人了。

“青青。”达威的突然一声叫。

“啊！”青青一慌，手中的镶框叭的一声碎落于地。

“我……我……你是什么时候回来的?”

“刚回来。”达威盯住她变色的脸,心不由一沉。

“对不起,我不是有意的。”她一边说一边拾起照片、破碎的玻璃和相框。

“不就是一个相框,至于把你吓的这样吗?”

“谁叫你这么突然进来嘛!”她扬起脸,撅起嘴,用双眼瞪住他。然后一转身不容达威说话便朝门口走去。

“真生气了,照片也要拿走吗?”达威想留下她,想和她聊聊天,想关心一下她的情况,自她回来后他还没有找到时间找她谈谈话。

叶青青站住了,她慢慢转过身,满眼的星光闪动:“我知道你珍惜这张照片,我把它装好再还给你。”噔、噔、噔她快步下楼去了。

达威想叫住她,张开嘴却没叫出声。他感到心中一阵痛,因为青青那忧怨的一瞥如一根钢针刺痛了他的胸口,他望着她远去的背影心情再也轻松不起来了。

十二

心理矫治工作,经监狱研究同意,向犯人开通了“阳光”热线。分法律咨询、政策解释和心理理疗两条线。叶青青专线负责心理理疗工程。“阳光”热线每晚 8 点至 9 点开通一个小时。犯人以预约的形式排队,每晚由两名干警送到心理咨询电话室接通电话。

“阳光”热线开通一年,取得了很好的成绩。在犯人中反响很好,犯人私下里都亲切地叫叶青青为“阳光知心大姐”。由于工作的需要,叶青青被调到了心理咨询科任副科长一职。这一年她为监狱培养了一批热爱心理咨询工作的年轻咨询师,壮大了心理咨询工作的队伍,心理咨询为监狱的监管教育改造作出了辅助性的贡献。

这一年叶青青被评为监狱优秀心理咨询师,优秀共产党员,省局先进工作者，荣立三等功一次。

犯人派出代表向大队长提出请求，希望“阳光知心大姐”能亲临犯人教学室为他们面对面地上一堂课。

自从监狱成功将罪犯从野外采茶作业转型为室内加工业，有效地避免了罪犯脱逃事件，但同时也出现了一些新的问题。犯人的活动范围小了，抬头是高墙、电网、岗楼上的持枪武警，低头是有限的活动场地。这就使人郁闷烦躁，易动怒，或是心理抑郁，自闭自己，犯人的情绪变化大，致使犯人与犯人之间，犯人与干警之间，问题突显，监管改造出现了前所未有的新的难题。同时随着司法部《六条禁令》的出台，其中一条就是不许打骂体罚犯人，监管改造工作不能单凭着简单粗暴的管理方式，要求人性化管理。从教育、感化和挽救的角度管理犯人，这就对监狱人民警察提出了更高的要求。

经监狱党委研究决定，同意叶青青进监仓为犯人专门设立一堂面对面的心理咨询课程。由有关部门专项负责部署，确保安全。

两个多小时的课程，叶青青就心理学是揭示心理现象的发生发展的客观规律，是用以指导人们的实践活动；学好用好心理学知识能够完善自己并能使自己更客观的看待问题等作了演讲。为了让犯人更加理解心理咨询对人生的重要意义，她列举了一些事例，特别说明了在当今社会政治、经济、文化都发展很快的时代，各方面的压力会越来越大，人的心理承受能力受到了无形的挑战。这就需要不断地调整心态，以适应社会的发展。

最后是犯人自由提问，叶青青解答。教室里气氛热烈，许多犯人积极说出心里的不愉快的事，让叶青青解答。他们认真听叶青青的解析和给出的建议，都非常的满意，一脸的释然和感激的笑容。

讲课结束后，叶青青提出到生产车间看看。教育科长便带着两名干事和监区教导员还有叶青青一起走进了犯人的制衣车间。

车间内的工作场面井然有序，所有的犯人都低头干着自己的事。即便有人走进来，只要没有听到干部警察的指令，犯人是决不允许东张西望、随便交头接耳说话的。制衣是流水作业，裁剪、车衣缝制、烫熨和装箱。叶青青一行在车间内边走边看，走走停停。就在他们走向车间门口，经过裁剪组时，意外突然发生了。一个高大壮实的犯人猛然窜到叶青青的跟前，一把将叶青青扯进怀中。左手手臂死命勒紧叶青青，右手举起一把剪刀对着叶青青的头。这一突如其来的举动惊动了所有在场的干警和犯人。

“王洪，放下凶器，你想干什么？”值班中队长冲向前喊道。

“站住，你们往后退，往后退。再往前，我就让她死，让她死。”犯人声嘶力竭，挥舞着剪刀，拉着叶青青向西面墙退去。

这时值班警察也冲了过来。

“大家不要上前，以免激怒犯人。”教导员李强张开双臂拦在众人前面。他迅速环视了一下整个车间，车间面积有 200 多个平方，中间摆放四排车床，东面和北面墙没有任何物体。南面是车间进出门，西面墙角有一间杂物房，主要是放犯人的劳动工具，平时是锁的。但此时他似乎感觉那门没有上锁，距离太远看不清。他收回目光，这时的犯人全部停下了工作，神色各异，望向出事的这方。

李强低声而果断地命令身边的中队长：迅速将犯人集合到东面墙下抱头蹲下，严密控制起来，不得骚动，点名清查人数。

值班干警迅速组织控制犯人向东面墙集合，这一切部署只用了两分钟。李强站定：

“王洪，你不要激动，不要做傻事，袭警的后果你是知道的。我是大队教导员李强，你有什么想法和意见对我说。”

“不，我要见监狱长，见监狱长。我给你们 10 分钟时间，监狱长不到，我就和她同归于尽。”犯人暴怒地大叫。

“好，我马上去安排，你等着，千万不要胡来。”

情况十分紧急，犯人情绪不稳，随时都可能伤害到叶青青。李强打了几个电话都联系不上监狱长——达威，他情急之下拨通了他的特别号码。正在组织会议的达威，看到这个号码，便知道是有特别重要的事发生，急需请示。他接听了电话。

“稳住犯人的情绪，我马上赶到。”

达威没时间和与会人员解释也来不及叫司机，他冲出会议室。警车油门一踩到底：

青青你可不能有事，可不能再有事啊，达威的心提到了喉咙。

达威稳健地出现在现场。

李强几步迎过去，达威低声问：“情况怎么样，了解到犯人劫持人质的目的了吗？”

“说是有干部打击报复，对犯人劳动表扬奖励给得不公平。”

达威拨开众人站到前面。

“我是监狱长达威，你有什么事我们到办公室坐下来谈好不好？放下剪刀，放开人质，你跟我走。”

“不行，你要给我一个保证。”犯人大叫。

“好，你说。”达威说着又向前走了两步。

这时中队长跑过来，在李强的耳边耳语了几句。李强闻言脸色豁然大变，他上前一把拉住了达威。

“情况有变，刚接到中队长的报告，那边集中的犯人刚刚清查完，缺少一个叫黄石的犯人。”

“黄石？前几年和黄三一起脱逃的犯人吗？”

“就是他。抓回监后虽然加了一年的刑，但这几年表现一直很好。今年还减了一年的刑，还有三年就刑满了。白天他负责劳动工具的保管和发放，我怀疑他现在就在后面的工具房内，不知道是不是当时没来得及出来还是故意没有出来，现在是不是不敢出来?”

事情来得突然，让现场的情况一下子变得复杂起来。

达威的目光越过手持剪刀的犯人，望向他们身后的工具房。房门是虚掩着的，距离手持剪刀的犯人有十米。此时，里面却没有一丝的动静。达威收回目光，他望向高大强悍的犯人，一看就知道他有一身的蛮力，粗壮的手臂揽肩将纤细的叶青青勒紧在自己的胸前。叶青青的整个上身动弹不得，很难受的样子。

达威心里着急，他盯了一眼叶青青。叶青青机警的双眼平静地望向达威，传递出她不紧张不害怕的信息，传递出你要稳下心来，不要急躁的信息，达威读懂了她的心思。他知道叶青青已经从他刚才警觉的向后方一瞥之中，想到事情可能有别的情况，她也就自觉地提高了警惕。

达威的大脑在急速地思考，如果犯人黄石现在就在工具房中会出现什么意外的事情吗?

黄石的确是在工具房中，此刻他正通过虚掩着的门紧紧地盯着外面的一切，精神高度集中准备随时冲出去，采取行动。

当年他被黄三教唆一起逃跑，逃到山上后，黄三说两个人在一起目标大，容易被发现，说要分开逃跑。黄三跑后，黄石一个人就藏在两个巨石之间，想来想去他很是后悔。自己不该逃出来，他不想过那种东躲西藏的日子，他只是想回家看看，把老婆孩子安排好。他知道当逃犯的严重后果，被抓回去一定是要被加刑的。他胡思乱想了一夜，直到第二天的下午，他是又饿又困，实在是坚持不住了就溜进了一个果农的竹板房。他把果农准备的晚饭狼吞虎咽地给吃了，然后躺在了果农的简易木板床上想休息一下，结果就睡着了。

当果农两兄弟干完活回到竹板房发现他这个秃头，联想到昨天在山下村里看到的通告，断定他是逃犯。就把他扭送到监狱去，当时他并没有反抗，似乎还有一丝的感激和心安。

在黄石被关禁闭室等待处理期间，他一连写了三份悔改书，讲述了逃跑的原因。

黄石受到加刑处罚后，就被分到了制衣车间劳动改造。后来他的父母和老婆一起来探监，他才知道是叶警官利用自己的休息时间，曾多次到他的家中了解情况，开导谈心。父母才原谅了他的一时冲动犯下的错误，老婆也打消了要和他离婚的念头。家庭和睦团结了，他们一起来探监，这给了他很大的触动和希望。他答应父母和老婆一定好好改造，不能辜负叶警官的一片苦心，争取早日出监，报答父母和老婆，还要好好谢谢叶警官。

今天的突发事件，他看在眼里，心里一个劲地告诉自己：不能让犯人伤害到叶警官。叶警官是一位好警察，是他的大恩人，他要救她，所以他就一直在工具房内紧密地观察着外面的一切动静。

手持剪刀的犯人有些激动起来，冲着达威大叫。

“你站住，不要再向前。你是监狱长，你要答应我不处分我，不给我加刑，我才放人质。”

值班中队长从人群中冲出来。

“王洪，你已经违反了监规，触犯了法律，还敢讲条件？！”

“我就是对你这个中队长有意见。”

犯人暴怒地大喊，拖着叶青青向后退去，左手的剪刀上下舞动，随时有伤害到青青的可能。局面有些失控的危险，就在这关键的时刻，犯人王洪已拖着青青靠近了工具房，他做梦也没想到工具房里有人。

这时犯人黄石看到犯人王洪拖着叶警官退到离工具房不远了，只有两三米左右。看着高大壮实、激动暴怒的王洪，他有些胆怯。看着勒紧在他胸前的叶警官，看着十米之外的监狱长和他身后的警察们，他知道事情到了最危险最紧急的时刻。不能眼看着叶警官受到伤害，她可是他们家的恩人，是他们犯人的“知心大姐”，他一直在心里这样提醒自己。猛然，他把工具房门一推，大喊一声：

“王洪，不许你伤害叶警官。”

随着喊声他冲了上去，双手搬下王洪拿剪刀的手臂，但他个子矮，力气小。王洪用力一抖手臂就挣脱了他的双手，王洪高高地举起剪刀。黄石没有退缩，又扑上去。达威三步并两步，左手一抬将恶狠狠下落的剪刀抓在了手中，右手迅速抓向他拿剪刀的手臂。黄石抱着王洪的腰不放，王洪拼命摇晃着想把黄石甩开，但没做到。王洪心里一急松开了握剪刀的手，同时也放松了勒紧叶青青的左手，一重拳挥向黄石的脑袋，黄石的眼前一黑，险些跌倒。叶青青一脱身就飞起一脚，踹向犯人的双腿，王洪踉跄着脚步，失去了重心。达威一个反手将他的一只手臂扭向背后，黄石黑着一只熊猫眼又扑上来双手抓住他的另一只手臂。这一切就发生在几十秒钟内，局面被控制了。

后面的干警一拥而上。

王洪像泄气的皮球，蔫瘪瘪地耷拉下头。他被扭转双手带走时，谁也没有想到他回过头，目光平静地说道。

“叶警官，我知道你是我们的‘阳光知心大姐’，我和你通过电话的，我是不会伤害你的。我只是利用你是女警察力气小的原因，劫持你，只是想引起轰动和监狱的重视。让你受惊了，对不起。本来我是申请心理咨询电话的，可是中队长一直不安排。我对他有意见，他是打击报复，我要告他执法不公。”王洪最后把恶狠狠的眼光落在了中队长的身上。

他的话让现场出现了片刻的寂静。达威挥挥手，王洪被押了下去。

达威走向叶青青。

“你没事吧?”

叶青青默默地摇摇头,然后看向达威的手。

“你的手在流血。”

“没事,一点划伤。”

达威走向犯人黄石。

“犯人集中时为什么不出来,不知道这是严重的违反监规的行为吗?”

“报告。我当时正在整理劳动工具,听到外面有异常动静时,就看到了王洪劫持了叶警官正往我这个方向退来。我不敢出去,怕弄出动静,惊动了王洪,对叶警官不利。叶警官对我有恩,我不能害她。就藏在了里面看看能不能帮上忙。”

“嗯,很好。去向你的大队把真实的情况汇报一下,大队会把你的立功材料报到监狱的。”

达威转身。

“李教,派人带他到卫生室处理一下脸上的瘀伤。”

“是。”

一场惊心动魄的战斗结束了,虽然没有酿成大的伤亡,却揭示出了监狱教育改造中存在的问题,给警察干部留下了无尽的思考。

监狱抽调出了特别撰稿小组,组长由负责教育改造的副监狱长担任,副组长由叶青青担任。历时两个多月的日夜工作,编写了监狱狱政狱务公开手册。一段时间内各个监区都在组织犯人学习,犯人人手一册。犯人学习得都很认真,对监狱的狱政管理,实行公平公正公开的原则,都很赞成。手册就犯人的行为规范,劳动奖励,甚至连文体字画等业余爱好对教育改造有突出贡献的都一一做了奖励规定。

犯人的奖惩有了依据，奖惩提高了透明度。犯人依照自己的行为规范，劳动效益，都能心中有数。这样对评出来的劳动能手，加分嘉奖都心服口服。监狱的狱政监管工作出现了前所未有的良好秩序，监狱的经济效益也呈现出前所未有的突飞猛进，监狱进入了一个良性循环的工作状态。随着监狱经济效益的不断增长，达威越是盼望增容扩建的土地，在城市市郊的土地能早日批下来。他多么希望在他的有生之年，他能亲自指挥筹建一座从硬件设施到软件设施都达标的现代化文明监狱，这是他的最大的愿望，最美好的理想。

十三

监狱接到省局通知，要在全省监狱系统提拔一批有胆识有能力有创新精神的中高层领导。符合条件范围内的警察干部都可报名参加竞争上岗。

达威把叶青青叫到了他的办公室。

“叶青青，你坐。有一个好消息通知你，你不是说有机会的话想到女子监狱发展吗？机会来了。你看，这是省局的通知，一些监狱的领导岗位被省局拿出来面向全省的监狱招贤纳士，竞争上岗。女监需要一名政治处主任，一名教导员。我看过了，你所有的条件都符合。来，填份表交到政治处，准备参加竞岗。我这里准备了一些关于面试和笔试的复习资料，拿回去看看。”

“谁说我要报名，我在这里工作得很好，我不想离开。”

“你有理想，有能力。为什么不报名竞岗？错过机会你会后悔的。”

“我不想离开你。”

“别说傻话。”

“我没说傻话，听说你的夫人把美容事业做到了国外，她出国了是吗?”

达威一怔,心想这事她怎么就听说了呢。

“我在和你说正事,扯到哪里去啦,这和你追求事业有关系吗?”

叶青青不语,盯着达威看。达威以沉静的脸色对着叶青青,他们不说话,就那样的对视着。最后达威把目光闪开了,他费力咽了一下口水。

“青青,你是一个好姑娘。不管工作还是爱情都应该有更好的发展,都不能做错误的选择,你懂吗? 你听我的,达威哥哥不会骗你,更不会害你。知道吗?!”他一副老大哥语重心长的面孔。

叶青青默默地抱起了材料:“好,我听你的。等我的好消息吧。”她勉强挤出一个笑容,一个带着几分苦涩的笑容。

看着叶青青离去的背影,达威的心被她的那个笑容重重地戳痛了,他坐下后点燃了一支烟。烟雾缭绕,思绪纷扰。他分明感受到内心的压抑和控制,很难受。但他只能以一个成熟稳重男人的人格魅力去关心与爱护他的叶青青。是的,他只能这样做,他不断地告诫自己。

达威很清楚自己的家庭婚姻出了问题,就在夫人执意要和合伙人去法国发展自己的美容事业时,他气愤地想要打人。但他还是耐心地对夫人说:女儿就要上高中,过两年就要高考了。这是女儿最关键的时候,她需要你的陪伴。不要离开家,不要离开我们,好吗?

可是夫人还是走了,不得已他把女儿送去学校住校了。

达威想到了这些心有酸痛,有些想女儿,于是就拨通了女儿的电话。

“爸爸,您又想我啦!”

女儿欢快的声音永远是达威心里的慰藉。

“晶晶,这段时间在学校过得好吗? 爸爸工作忙,也没有时间去看你。”

“爸爸，您就放心吧。我又长高啦，学习成绩全年级前10名，将来一定会给您考个名牌大学，让您为因为有我而骄傲。”

“你可不许只哄爸爸开心，要拿出真本事让爸爸看看。”

“当然。老爸是我的最爱，老爸开心，我才开心。”

“好，老爸相信你。”

“爸爸，问您一个问题呗。”

“说吧。”

“您长得那么的酷，那么的帅，有没有漂亮的姐姐或阿姨追您呀？如果有我不介意您和我妈离婚，给我找一个新妈妈呦。”

“别胡说。”

“老爸别生气，我知道妈妈伤了您的心。可您闷在心里从来不说，我担心您。我只想告诉您，爱情婚姻，那是您的个人问题，我不干涉。无论您做怎样的决定我都支持您，我已经长大了，知道什么是对什么是错啦。”

“谢谢你！我的宝贝女儿。你放心，爸爸没那么脆弱，没事的。”

“我就知道爸爸的内心强大着呢。”

放下电话后，达威的心情格外的好。女儿的乖巧听话懂事让他感到无比的欣慰。

十四

叶青青不负达威所望，过关斩将，笔试面试一路走来。考察公示7天后，她接到了省局通知。

限期到女子监狱报到，任女子监狱教导员一职。

叶青青拜祭完李佳丽默然走出小树林。

一身便装的达威站在小树林的路边，望着叶青青。

“我就知道你在这里。”

叶青青站住了。

多么熟悉的场景，多么熟悉的身影与声音。

三年前也是在这里，他送走了她，送她去进修学习。三年后的今天又是在这里，不同的是他将要送她走马上任，从普通干警走向领导岗位。她知道她的成长是他的栽培，他的帮助，他的影响，他功不可没。没有他就没有她今天事业上的成功。她也知道她不再是那个脆弱多情的小女孩，不再是那个任性的小女孩。但此刻她的内心有酸酸的温暖。

“达威哥！”

叶青青一声软软的呼叫，让达威的心一颤。他伸出双手迎面按住她的双肩。

“怎么啦，像一个受了气的小女生一样。”

“你不要总是以一个大哥哥的面孔对我好不好，我知道你的内心是懂我的。”叶青青的双臂轻轻环绕上达威的脖颈，下颌轻搭在他的肩头。

“青青，不要这样，你听我说。”他试图扶起她。

“不，你就让我在你的怀里待一会吧。你告诉我，你的婚姻幸福吗？你还爱她吗？有一点我想的清楚，她已经不爱你了。如果爱她就不会丢下你和晶晶一个人跑到外国去发展什么美容事业。你有必要这样苦自己？值得吗？离婚吧，名存实亡的婚姻没有存在的意义。你看你现在都瘦成什么样了，你敢说你活得幸福开心吗？本身狱警的特殊职业，就很耗人的心血，再没有一个安静温暖的家，人还怎么活。我爱你，我心疼你。”

达威慢慢抬起双手用力拥抱了一下叶青青，然后就放开了。

“好了，青青。你不要说了。别担心我，我已经习惯了。不管我自己过得幸不幸福，你永远是我最关心最爱护的小妹妹，记住啦。走吧，我在小镇的酒店订了一围台，今晚为你饯行，李强已经去安排布置了，不要辜负了他的一片心，这么多年的等待。”

“达威哥，不要说别人，就说我们。我又一次要离开你的身边了，告诉我一句话，你爱不爱我？”

“不是爱不爱，是不能。记住啦！”

“为什么？”

达威强硬地拿下叶青青环绕在他脖颈上的双臂，转身迈步。叶青青望着他坚毅的背影，无奈地追上去。她一把拉住他的手臂，放软了语气。她用手指点着自己的额头，带着几分撒娇的神态。

“亲我一下，我就跟你回去，否则连报到我都不去，我去浪迹天涯，让你一生对我有愧疚。”她任性地盯着达威，目光里流露出我已经让步的委屈。

“你呀，我有时怎么觉着自己有两个女儿呢。”达威捧起她的脸，在她的额上亲了一下。

“可以走了吧。”

其实，他们的心里都清楚亲与不亲都不会影响到他们友好的感情，更不会影响他们的工作态度和对事业的追求。那只是叶青青对达威情感的试探，也可以说是她情感的释放，还可以说是她欺负他的一种特殊的方式。因为她知道他是容忍她的，不会让她真的伤心欲绝，只是他坚毅的品格守得住那条底线。他越是这样，叶青青越是不肯离去，就守在那里。他是一点办法也没有，有时真的不知该怎样对她。

叶青青走了，去迎接她的新岗位。

十五

达威从省局开会回来后，就召开了紧急中层领导干部会议，传达了上级关于防洪工作的紧急部署和应急方案的通知。

据气象部门预报，今年的汛期不但提前到来，而且有可能是50年不遇的特大洪水。

山城监狱地处深山低洼地带，一旦有大的暴风雨袭击，必定面临人身财产的重大危险。监狱临时组织了特警队，24小时不间断地巡视。全体干警归队，不得请假，不准休假，包括20名实习的新干警，24小时待命。严防死守，欲与洪水抗战到底，确保监狱犯人的人身安全。

一连几天，小雨淅淅沥沥，没停过。距此三十公里外的地区已经洪水泛滥，气象台刚刚发布了暴雨黄色预警。达威望着低沉的天空，那浓黑厚重的积雨云如巨石在眼前滚动，急剧增加增大，布满天空。看来一场大的暴风雨会毫不犹豫地降临。

达威带着巡视组在监狱方圆三公里的范围内来回巡视，依山而建的五个监区关押点，只有在监狱机关属地的一监区地势较高，还有两栋三层楼的工厂房，两栋三层楼的监舍，基础建设设施还算比较完善。由于监狱有迁出大山的意向，所以其他的四个点都没有改建，都还是六十年代建的土坯房和砖瓦平房，而且都是处在两山之间的低沟处。一旦雨水过大过猛，随时都有坍塌的危险，将犯人转移出来，势在必行。

一监区全体犯人停止生产劳动，空出生产车间，准备接收下边监区送过来的犯人。

闪电、惊雷、急雨，似乎是在同一时间内来到。霎时间天昏地暗，大雨瓢泼。不到半个钟头，雨水就从山上冲下来，混着黄泥浆，宛如一条条的小黄河肆无忌惮地横冲直撞。这时下边四个点的犯人大部分已经安全转移到一监区，最后一批却迟迟未按规定时间到达。

达威在犯人转移临时指挥办公室焦急的用高分贝对讲机大声喊着:“二监区,二监区。你处情况怎么样,听到请回答,听到请回答。”

“二监区报告,最后一批犯人已安全上车,不缺一人,马上返回。”

“三监区,三监区。你处情况怎么样,听到请回答,听到请回答。”

“三监区报告,最后一批犯人已安全上车,不缺一人,马上返回。”

“四监区,四监区。你处情况怎么样,听到请回答,听到请回答。”

“四监区报告,最后一批犯人已安全上车,不缺一人,马上返回。”

“五监区,五监区。你处情况怎么样,听到请回答,听到请回答。”

没有回答,五监区一时间与指挥中心失去了联系。

这时的雨是越下越大,狂风乱舞,刮得山上平时傲然屹立的大树左摇右摆,有些小树已经连根拔起横七竖八地倒在地上。雷电击坏了变压器,导致线路中断,方圆十里停水停电。幸好监狱发电房还没进水,还可临时供电。

五监区是离监狱机关办公地点最远的一个监区。道路中间有一大段的低洼地段,平时下点小雨都有积水。现在在这样迅猛灌下的雨水中,水位暴涨,小型警车很有可能是过不来了。达监狱长和指挥中心的人在焦急地等待着消息,想尽办法联系,打给监区押车领导的电话,通了,但没人接。

时间在一分一秒地流逝。大家都知道,不能再等了,现在已经是下午四点，再等下去，天黑下来就难办了。就在这时，达监狱长的手机响了，他抓起一看，是五监区的押车的领导。

“五监区——报告，五监——区——报告。”电话里传来了急促的断断续续的呼叫，夹杂着风声雨声。

“我是指挥中心，我是达威。你处情况怎样？”

“我监区最后一批转移犯人的警车在离开监区一公里处熄火在水中。对讲机进水，手机信号也不好，随时有联系不上的可能。车上有犯人48名，武警战士4名，监狱警察3名，司机一名。情况十分紧急，水已经从车门缝隙漫进车厢。请求支援，请求支援。”

“注意犯人的情绪，不要引起骚动。原地坚守20分钟，千万不能轻易采取行动，一切以监管安全和犯人的生命安全为主。”

喂！喂……对方断线了。达威立即传达了五监区的情况，大家一致同意立即组织人去救援。

“李强，现在怎么样，一监区大院里还能不能抽出警力？”

“很困难。几千犯人一下集中到一起，武警一个中队的战士平分到各个监区也就没几个人了，我们的干警是10比1的比例。我刚才去走了一遍，压力很大，我们的干警连眼睛都不敢眨一眨，死死地盯着他们的一举一动。表面平静威严，其实心里都怕有意外发生。警力严重不足啊。”

“好，我们几个党委成员加上你们几个一起上。”达威看了一眼教导员李强、狱政科长、教育科长和政治处主任。

“没问题，达监您就下达命令吧。”

“好。政委您年纪大了，就留在指挥中心看好家，家里就交给您了，有什么事您就全权处理。”

“放心吧。你也要注意安全，一定要顺利把他们都带回来。”

两双大手紧紧地握在一起。

车辆是一个大问题。监狱里都是小型警车，去了也用不上。如果把车停在积水的一端，让犯人下车赤脚趟水过来，距离有多远，警力够不够，这中间会不会出现意外？没时间考虑了，出发。达威带着四人冲下办公大楼。

实习警察张卫华带着10名兄弟，出了一监区的大门，向监狱办公大楼旁的机关食堂急进，他的任务是负责帮助食堂师傅完成今晚部分犯人的晚饭的运送。

一辆市区的旅游大巴歪歪斜斜的停在了眼前，一位老者从驾驶室下来，直奔他们而来。

“喂，小同志，小同志。等等，等等。”

张卫华停下脚步，雨比刚才小了些，透过雨线。

“爷爷，怎么是您啊。监狱里不是通知家属儿童老人都撤离吗？您怎么还没走啊。”

“爷爷不放心你，但我现在是有重要的事找你们监狱长达威。”

“现在监狱到处都戒严了，这个特别时期您就别添乱了。监狱长哪有时间见您啊。您快回吧，我还有任务不能耽搁。走啦。”

望着孙子带着他的同事急匆匆的身影，他有自豪和安慰。他收回目光，正欲选择去的方向。只见一辆警车从机关大院急速驶出来，他不顾一切冲过去。

“达监，前面有人拦车，不知是什么事。是不是冲过去，我们得赶时间。”

“这时有谁会拦警车，停一下。”

达威跳下车。

“老张，你怎么在这里？”

“我放心不下我们的监狱。我问你，你们是不是去救援五监区的人？”

“这……”

“我已经远远的观看到了那部停在积水中的车，那是我们监狱的警车。感觉到车里有人，但不知道是什么人，也不知道有多少人。但是小型车已经靠不上去，积水有100米左右的长度。你看，我开来了一部大巴。”

“这……”达威迅速扫了一眼停在一边的大巴车。

“达威，你是不相信我？

“达监狱长，如果那车里有等待救援的犯人。那你我都知道是个多么危急危险的状况，情况紧急，救人要紧啊！

“达威，你就相信我吧，我以我的人格担保。不，我已经没资格谈人格了。我以我65岁的生命担保，你就让我再为我们的监狱作点贡献吧，让我将功补过，将来死了也瞑目啊……”

“老张，别说了，我相信你。和我们一起上车，你来的太是时候了，给我们解决了大问题。”达威一边扶住老张，一边对李强命令道：

“李强，全部上大巴，火速赶往救援地点。”

“是。”

老天休息了一会，似乎眯了一觉醒来了。一道闪电，一声炸雷。风狂舞，雨密集，来势汹汹，更加肆无忌惮地横扫着大地。

大巴车在风雨中前行。

熄火在水中的警车，静静地停在雨中。车内武警前后各站两人，手持微冲，子弹上膛，端在胸前。狱警三人分散在车厢过道，密切监视着每一个犯人的动静。押车领导站在车门前威严地扫视着车内的一切情况。车内灰暗，气氛紧张压抑。干警、犯人都有不安的心跳，只是不安的内容不同，但都不敢出一点声音。干警屏息注视着每一个犯人，犯人屏息看着来回走动的狱警，看着武警战士手中的枪，听着车窗外面风声雨声不绝于耳，天昏地暗。这让车内的人更加感到有一种莫名的惊慌，更加增添了不安因素。

突然一个犯人站起来大声说："让我们下车把车推出积水处，这样等下去，我们会有危险的，我们要到安全的地方去。"

"对。我们要求下去推车。"另一犯人附和道。

"坐下，不许说话。"狱警的两条闪着电光的电棍迅猛指向说话的犯人，武力制止骚动的发生。因为大批犯人紧急转移，监狱的手铐不够，车上的部分犯人是没戴手铐的。在这种特殊的情况下，48名犯人如果一起起哄闹事，局面将不可控制。押车领导一个手势，武警战士的枪口就对准了说话的犯人。这一具有震慑力的无语指挥，让一些蠢蠢欲动的犯人老老实实地坐在座位上一动不动。

下车把车推出积水处，车辆也许能重新启动打着火。押车领导不是没考虑过，车辆刚刚失火时他就下车查看过。这是距离五监区和监狱机关办公地的中间地带，没有村庄。路的两面沟满壕平，汪洋一片。山岭绵延，蒿草遍地。如果干警、犯人下车推车，分散了看押精力。犯人一旦分散跳下路面钻进蒿草遍地的山里，8人的警力和48人的比例，场面难以控制，后果将不堪设想，所以牢牢地把他们控制在车内，是最安全的。30座位的中巴警车，现在双人座上都安排了三名犯人，多挤了一个。一眼看过去，车厢内是人挨人，头挨头，处处显示着超负荷的状态。押车领导站到车厢前，面向犯人。

"大家不用紧张害怕，我们的救援人员和接我们的车很快就会到达，大家耐心等待，不要骚动。我向你们保证天黑前我们一定能安全地到达转移地点。"

车内鸦雀无声，安静的让人心跳加速。

"报告领导，前面有车灯光。"警车司机大声报告。

押车领导向车窗外望去，20米远处，停着一辆大巴车。车灯在不停地有规律地闪动，他明白这是在与他联系。他兴奋地说道："增援我们的人到了，作好下车准备。手机没有信号，我现在下车去与他们联系汇合汇报。”

押车领导刚刚下车，就看见达威远远地蹚着漫过腿膝盖的深水向他这边走来。他急忙迎过去，两个人在水中汇合了。

押车领导激动地伸出双手：

“达监狱长，您来了我就安心了。”

“你们辛苦了。情况怎么样？”

押车领导汇报了车上的具体情况。

“好。趁现在雨小了，马上行动，争取时间，要赶在又一轮大雨来临前把犯人转移到大巴车上。手铐不够，就把两个犯人铐在一起，并排下车。你我守在车门下左右两边，两名武警战士到大巴车门前，两名断后。狱警两边一字排开，我带来的人已经排好了。”

押车领导和达威上了车。

“大家听着，这是我们监狱的达监狱长，得知我们被困在这里，亲自带队来接应我们。时间急迫别的不多讲，下车前我宣布几条纪律：

“1. 两人并列下车前行，大巴车就在前面20米处。

“2. 不许说话，不许东张西望，不许离队。

“3. 中途不准停留，不准掉队，要以最快的速度前进。

“4. 车下水深过膝，大家注意安全，按照指定的路线行走。

“5. 一切行动听从指挥，行动中若有违反纪律，后果自负。

“现在有没有什么情况？”

“报告。”一狱警跑到车前来。

“报告监狱长，有一名犯人，小腿部位因过敏造成大面积表层溃烂，正涂着药膏上着绷带，不宜下水，怎么安排？请指示。”

“留在最后，把他背过去。”达监狱长果断做出安排，下达了命令。

话一出口，车上的犯人一起把目光投向达监狱长，此时无声胜有声。片刻寂静后他们马上就行动起来了，自觉地两人一组扣好手铐，站立起来，接受狱警的查看。

车门打开，两名武警战士首先下车，迅速向对面的大巴车而去。接下来是四名狱警顺车门左右两侧依次排下去，与前面大巴车下来的救援人员接应上，在 20 米长的积水中，形成一条钢丝网般的路线。

押车领导站在车下一声命令。

“全体下车，迅速到前面的大巴车上去。”

第一对犯人下车，紧接着第二对、第三对，一队特殊的人员蹚着过膝的积水向大巴车靠近。达监狱长和押车领导还有两名武警战士断后，其他狱警赶去前方援助。

大巴车上只留下了老张一人。他手里拿着一条警用电棍，见犯人来到大巴车门前，他威严地命令道：

“上车。两人一组，从后面座位依次往前排坐好，不准讲话。”

第一对犯人上了车，紧接着第二对、第三对上了车。最后上车的是被背回来的那个有腿伤的犯人。他一上车就呜呜地大哭起来，嘴里不断地在说“谢谢，谢谢！我今后一定好好改造”之类的话。他是因盗窃被判刑 5 年，20 岁，从某种程度上讲他还是一个大男孩。从小父母离异，在爷爷奶奶身边长大。18 岁混上社会，游手好闲，不务正业，最后走上犯罪的道路。他想，进了监狱他的一生算是完了，再也不会有好日子过了。没想到，进来后发现监狱并不可怕，并不像想象的那样吃不饱、还要挨打挨骂。此刻他更是深深的感受到了党和政府的关心和照顾，他真的被感动了。

达威和两个武警战士最后上的车。车慢慢倒出积水的路段，一路畅通无阻地开进了一监区的大院。当一监区的大黑铁门哐哐当当地关上时，当全体犯人按原计划进入了规定的厂房车间时，人们才松了一口气。这时天已经完全黑了下来。

达威感觉一阵强烈的剧痛，他把手按在了胸口处。他想起来，他们这些人到现在还没吃中午饭呢。他的胃痛最近是频繁发生，他找来一瓶矿泉水，掏出口袋里的药，默默地倒出几片吞了下去。

第二天天空有些放晴，太阳虽然没有出来，但没有再下雨的意思了。人们似乎看到了希望，总算可以让人吃餐安稳饭，睡个安稳觉了。

达威舒舒服服洗了个澡，躺在了床上。感觉全身的骨头就像要散了一样，酸痛酸痛的，这几天他真的是累坏了。

他仰面躺着，放松了身体，放松了心情。想到今天接到省局领导电话的内容，他就感到兴奋，感到浑身充满力量。也许该打个电话，把这好消息告诉青青，也让她来分享一下这份喜悦。自从叶青青走后，他们只通过一次电话，青青向他告知了她在新的工作单位人很好，工作也平安顺利。此后就再也没联系了，他们是各忙各的工作。

手机传来清亮的叮咚声，达威知道这是有信息。拿起一看他就笑了，想谁谁就到。

“达威哥，这几天忙吧。我一直关注着天气，关注着你那里的雨量，暴雨对下边几个监区的影响很大吧。记住哦！再忙你也一定要注意身体，工作不要拼命。有好的身体才能有精力干大事。听说在市郊建监的土地申请批下来了，你是不是特高兴啊！”

“还是你了解我。”

“当然了，想到你的心情，还即兴为你作词一首留作纪念呢。”

“是嘛，快发过来给我看看。”

“词一首：

采桑子·闻鳌头好音

冬云寒月无情物
谁寄心忧
无觅轻舟
左右青山水自流

数年征地传佳讯
雾过烟收
忘了春秋
疑见鳌头荔上楼

“有没有表达出你听到消息时的心情啊？”

“青青，你了不得，这学没白上。我不懂写词，但我懂欣赏，写得太好了，我会把它留在我的手机里，作为对我工作的激励。”

“有你在我的心中。我的工作、我的生活、我的诗都是最精彩的。我爱你，达威哥！”

达威静静地盯着这条信息，心颤动了。他的眉毛紧紧地皱在了一起，他不再回应她，就那么静静的一动不动，手握手机扣在胸前。

“我就知道你又会沉默不理我。在这么令人高兴的日子里，不许生气，不许心情不好。晚安！有机会到省局开会时，抽点时间来看看我，一起吃个饭。你的工资比我高，所以是你买单。”

“好，我请你吃你最喜欢吃的咖喱蟹，谁叫我是大哥呢。”

他们就这样以别样的心一样的情，结束了对话。

十六

又过了一天，达威接到省局紧急通知：更强一轮降雨将在两天后到来，并且持续的时间长，伴有大风冰雹，还有可能会发生百年一遇的洪灾。

上级命令监狱作好准备，必须在强降雨到来之前，将监狱里的犯人全部撤离到周围的兄弟监狱去。

省局已派赵局长带队今天赶到，亲临监狱，住监指挥。数千名犯人要分别送到不同的三所监狱，这将是一次浩大的艰辛的转移任务。

需要武警部队的配合，需要地方政府的支持，需要手铐脚镣等戒具的准备。车辆是个大问题，一下子去哪里解决那么多的车辆呢。

监狱距离其他兄弟监狱有一个50公里路程，两个60公里路程，往返一次最快要两个半小时。按一车50人计算，需要大型车辆20辆。需运送两天。准备工作一定要做好做细做周全，来不得半点马虎。它对是否能顺利完成这次特殊的转移任务起着重要的作用。

监狱紧急机密扩大会议正在召开，省局赵局长，监狱党委成员，武警部队的领导，监区抽调上来的多次参加过调犯押运工作的指挥精英参加会议。会议就此次转移任务的具体事项作了具体安排部署，明确了分工，明确了责任。

最后的问题是车辆的问题。

“达监，可以找一下老张。那天不就是他开来了一辆大巴吗?我听他说他的儿子在外面发了财，回来我们市里开办了一家旅游公司，规模挺大，有几十部大巴车。”李强说道。

达监狱长向赵局长汇报介绍了老张的情况。

“我给你坐镇，具体工作你放手去干。”赵局长说话和当年一样，干脆果断。

“好，有赵局长在我身边，我工作有信心。李强，这车辆的问题你马上与老张取得联系。就交给你，不管你用什么方法明天早晨20 辆大巴必须按时到达监区门前。”

“是，保证完成任务。”

会议结束了，大家都去忙了。

赵局长和达监狱长站在指挥部办公室的窗前，望着窗外。大地上还有大片大片的积水，山上雨水造成的流水不再是那么的凶猛飞流直下奔腾而来的吓人气势，变成了小溪流淌着。浑浊的雨水，带着泥土、树根、草叶，还有碎石滚动着到了山底下，漫上路面，肆意漫开流淌，把草根、枝叶、碎石留在了路面。

“达威同志，这是一次艰巨的任务，准备工作一定要做好。要准备几套方案，以备应对随时发生的突发事件。”

“赵局，您放心吧。准备时间虽然紧迫，但都会按部就班有序进行，我会盯紧的。”

“嗯！”赵局眼望着窗外，沉重的点着头。

天气又开始阴黑下来，滴滴答答的雨漫不经心地散落，整个监狱笼罩在迁移前无声的紧张之中。集中在厂房里的犯人虽然不敢大声说话，三三两两地凑在一起，各种眼神相互顾盼。门口荷枪实弹的武警战士，双眼警戒严密地盯视着。巡岗的狱警来回巡视，达威带着李强等一行人也在不停地到各处查看，发现什么问题，及时解决处理，以确保迁移的准备工作万无一失。

李强接到电话。

“报告达监，情况有变。我们在市旅游公司定的 20 辆车出不来了。他们刚刚接到市旅游局的通知，全市车辆统一调配，必须听从市旅游局和公安局临时组建的救灾办公室的统一指挥，统一行动，转移山里受灾的群众。有合同协议的，市政府负责赔偿经济损失。”

"什么,就一句有政府赔偿经济损失就毁约了,这是简单的经济问题吗?李强马上叫车,看来问题有点麻烦。我得亲自去面会两位局长,有可能还得找市长进行沟通商议。走,马上和我出发。"

"是。"

经过一个下午的奔走协调,傍晚时分他们赶回了监狱。地方用车也很紧张,人民群众的生命财产高于一切,这是地方官的使命。监狱救急是政治任务,地方政府不得不支持,不得不配合。大家各让一步,让给了监狱10辆大巴车。

达威连夜召开紧急会议,调整迁移方案。由原来两天的迁移工作,不得不改成三天。这样的话,要想保证在暴雨、洪水到达前全部撤走就变得十分困难。任务变得更加艰巨了,这让人感到无比的压力和沉重。

迁移工作在紧张的进行,雨也是紧一阵慢一阵的在下,一直就没有停过。到了第三天的下午,最后一批500名犯人安全上了车,大家似乎才松了一口气。

达威抬头看看天空,黑压压的乌云翻滚着逼近。突然间一个炸雷在上空炸响,紧接着狂风大作,暴雨瓢泼,眼前一片黑暗。

十多辆车一字排开。警车在前,赵局长、监狱政委带队。10辆大巴装着犯人跟在后面,达威监狱长和李强教导员带着警训队5名警员和4名武警战士断后,还有一直跟着监狱忙活迁移工作的当年当副监区长的老张也在达监的车里。

达威用对讲机下达了命令。

车灯一齐亮起来,一条"长龙"鸣叫着游动着出了监狱的大门。顺着弯曲的山路朝着山外艰难前进。

平时一个小时就可以开出去的山路,今天在风雨中一小时才走了一半的路程。达威手握对讲机,双眼紧紧地盯着前面的车辆。突然前面的车刹车灯急闪，猛然停住。规定好的20米车距，预防路滑接尾。达威的车还是在前车尾处停下来。随即他的对讲机就急叫：

“达监，达监。我是10号车，前面山体突然坍塌滑坡，把前面的路全堵住了。”

“你的车怎么样，有没有撞坏。09号车，什么情况？”

“好在及时刹住，车没问题。09号安全通过，跟着车队前行了。”

“注意车内情况，随时汇报，等候命令。”

达威一边下达着命令一边打开车门。

“李强我们赶快下车，查看情况。”

“是。”

达威急步向前的同时，对着跟在他车后面的警车命令：

“特警队队长，前面10号车出现状况，下车警戒。”

“是。”

达威他们走到10号车前一看，他马上拿出手机。

“赵局长：有紧急情况向您汇报。10号车和我们的车辆被山体滑坡截住，滑坡面积很大，把整个道路堵住，车辆没办法通过。09号已安全通过，他们还不知道后面发生了状况。请指示。”

“做好警戒，随时汇报。我马上向省局汇报，请求地方援助，尽快铲除路障。一切以安全为主，预防犯人闹事。特殊情况，可以特殊解决。”

赵局长放下电话，把情况和政委说了。

“赵局，要我带一辆车断后吗？09号如果知道后面车出了状况，会不会有事？”

“现在他们还不知道情况，如果我们变换车队，势必引起各种猜测。用手机通知09号车，把情况通告押车领导。让他加强警戒，不许犯人东张西望，不能让他们知道情况，以免引起骚动。现在雨小了，通知车辆全速前进，注意安全的同时以最快的速度通过山区道路。让09号车跟紧车队，有情况及时汇报。”

“好。”

达威和赵局通完电话，看了看手表是下午4点钟，离天黑的时间大概还有3个小时。

山区通往外面的路是紧挨山体而建，不宽，仅能错过一辆车的宽度。此地属于石灰岩山区，山体多是石头，土质稀少松散，能生长的树木也不多。到了雨季，就常有山体滑坡的事发生。

看着那大面积的滑坡，满路面的黄土、石头、树木，横七竖八。人工铲除是不可能的，机械作业，也只能进来一部车，看来短时间内是走不了了。

车辆决不能长时间停在此处，如果山体有继续滑坡，车辆就有危险。犯人长时间在车内，心情也会烦躁不安。经过研究，大家一致同意先将两部车开到路边不远处的一个山坡上，那里有一个废弃多年的旧厂房。

两部车并排停在了旧厂房前，厂房的门和窗户上的玻璃都没有了，四面漏风，但里面是空的，避雨还是可以的。达威并没有马上让犯人下车，来到这里只是他们的应急之用。

雨还在不停地下，天渐渐地黑了。犯人有些骚动起来，只是几分钟的骚动，就暴躁地大吵大喊开了，局面有失控的危险。

“我们要下车，腿都坐麻了，都肿起来了。”

“我们下去清除路障，不能在这里等死。”

“对，我们不能等在这里，没吃没喝的。如果洪水冲下来，我们会死在这里的。”

“我们不想死，我们要离开这里。”

达威正和李强等人在另一部车上焦急地等待局里的消息，一边研究预防可能随时发生的事件。突然听到吵闹，就迅速带着几名特警队员冲了过去。

车厢里一片吵嚷混乱，喊着下车，要离开这里，犯人情绪激动，其中不免有起哄闹事之人。达威当即下令，几名特警队员迅速冲过去强行控制场面。

“坐下，坐下。”随着具有威慑力的命令，警棍闪着火光指向那几个带头大吵大闹的犯人。

达威拿起旅游车前的麦克：

“请大家不要吵闹，不要焦急不安，不要恐惧。党和人民政府在灾难面前，首先想到的是你们的安全，所以要在大的洪灾来临之前把你们迁移出危险区。大家都知道道路被堵，上级领导正在组织援救我们，请耐心等待。相信我，有我在你们是安全的，即使洪水来了，我被洪水冲走，也会保证你们的安全。有我们的武警战士和干警们在，保证你们的安全是我们目前的首要任务，你们放心吧。”

车厢里静了下来。

“报告，我要下车方便。”犯人王洪的声音刚落，另一个声音又起来。

犯人在车里已经坐了 7 个小时，有些人的脚都肿了起来，又渴又饿，又担心被困在此处，情绪难免烦躁。

经过紧急部署，虽然警力不足，但没有更好的办法，只能满足犯人下车的要求。押车的领导对着车厢内的犯人说道：

“大家注意了，下面让大家下车活动一下。按座位顺序两个一组跟紧下车，跟着干警进到那个厂房里，不许靠近窗口和门口，在房屋中心地带自由活动。有需要方便的，报告干警，由干警带出，在厂房不出 50 米处就地解决。听清楚没有，遵守规定，不要以身试法。

特殊时期，特殊对待，明白吧。现在下车。”

犯人进到了空空的厂房，车灯从窗口照射进去，一副手铐扣着两个犯人，他们在屋里慢慢地转悠走动，活动着腿脚，也有些就地坐下，伸直双腿缓解肿痛。要求方便的犯人陆陆续续地由干警带着出出进进。最早提出要下车方便的犯人——王洪，此时混在众多犯人中一声不吭，他的一双眼睛，不时扫向后墙上的那几扇没有玻璃的窗口，虽然每个窗口都有干警把守，但他的眼睛还是不时向窗外扫来扫去。他这微妙的动作被他身边的犯人——黄石发现了。

黄石上次在王洪劫持女干警叶青青时协助干警解除危机，受到表彰，减了刑期。王洪受到加刑的惩罚。

王洪提出要出去方便，干警打开了他的手铐。黄石也提出来，两个人一前一后由一名干警押送出去。

两名武警战士站在两边，能互相看着两个地方。

“解小的在这边，解大的去那边。”

干警说完返身走了。王洪说解大的，黄石也说解大的。他们蹲在离武警五米远的地方。

“你他妈的干吗跟着我？再坏老子的好事，弄死你。”王洪从嗓子眼里挤出声音。

“想逃跑是不是，我劝你别干傻事。”

“你他妈的减了刑，老子加了刑，还要坐十多年的牢。”

这时又有一名犯人走过来。

“你们两个快点。”干警向王洪和黄石喊道。

“又过去一个。”干警向武警通报后，便带着解完小便的犯人往回走。

武警侧脸接应的一瞬间。那边的王洪一脚踹向黄石，几个窜跳冲进了厂房后的围墙下，他在厂房里就已经发现围墙的前半部分有断裂坍塌处。

“王洪跑了。”被王洪一个冷不防踹趴在地上的黄石大声叫后，爬了几次才爬起来，踉跄着追过去。

解大小便的犯人站起，惊慌地四处张望。

“发生了什么事？”干警问。

“逃跑一个犯人，追过去一个犯人。”武警战士答。

“你赶快把这三个押进厂房，另一位和我去追捕。”

随监狱撤离的老张从道路被堵，押运车辆被迫停在这里起，就一直在厂房的周围转悠查看。达威并没有安排他具体任务，说他年龄大了，让他在车上休息，可他不放心。此时他正好转到厂房后的围墙边，从断裂坍塌的地方伸头向外查看着，墙外是一片低洼地，有大面积的积水。正在这时，突然咚咚的奔跑声由远而近，老张把强光手电筒照过去，一个光头出现，心想不好，这是犯人。

“什么人，站住。”老张大声喊话。

犯人手起石头落，老张只觉得头上有东西流下来，眼前发黑。

“快来人。”

“爷爷！”警训队员张卫华从厂房拐角处飞奔过来。

“孙子，快开枪，不能让他跳出围墙。”

砰的一声枪响，犯人摇晃了一下，手扶断墙跳了出去。张卫华冲到跟前，看了一眼倒地的爷爷，没有半刻的停留，从断墙处伸头一看，只见逃犯紧贴着围墙站在水中，水深到膝盖。张卫华毫不犹豫，一个翻身扑过去。两个人在水中展开了搏斗，高大强悍的犯人有一身的蛮力，训练有素的张卫华拳拳击中他的要害，可是没有打倒他。扑通一声又扑过来一个人：报告队长，我来帮你。来人是黄石，两个人合力将王洪按住。这时几束强光同时照过来，武警、干警和达威赶到。

犯人被带走，张卫华奔到爷爷的跟前。

“爷爷，爷爷！”

“犯人抓住了。孙子，好样的。”他虚弱的气息，脸上却露出欣慰的笑容。

达威拉住卫华。

“卫华，放手，爷爷的头还在流血不止，快把人抬上车。”

逃跑的犯人也被抬上了车，他的大腿中了枪。这也是他没有立即逃跑而是站在围墙边的主要原因。如果他没中这一枪，让他跑出积水地，跑进不远处那片杂草丛生的山林，后果是不难想象的，那就太危险了。张卫华这一枪是立了大功，起到了抓捕的决定性作用。

怎么办，达威和李强紧急商量着对策。警力严重不足，不能再长时间让犯人在车下面，大小便问题解决完后必须把犯人集中到车上去。此地也不能久留，多待一分钟就多一分钟的危险，刚刚的枪声已经让犯人知道发生了什么事。

达威望着车上受伤的老张和中枪的犯人，还有另一辆车上的49名犯人，他的大脑在急速转动。这个时间外面执行押运任务的干警应该完成了任务，都应该回到了城里的家中。

“李强，你看这样行不行。把监狱400名干警，除去老弱病残和女干警，通知紧急到位，让市旅游车给我们加个夜班，来接应我们。在路障上一字排开两行，形成人墙，把犯人接应出去，怎么样？”

“我看行。这是一个大胆的想法，肯定比与地方协调铲除路障的时间来得快，能把危险降到最低就是我们目前的最佳方案。”

“好，我马上把我们的情况和想法向赵局汇报。”

赵局听完情况汇报后，立即向省局汇报请示。

刚刚完成押运任务的干警还没来得及吃饭休息就接到紧急集合的命令，于是他们从城市各个不同住宅区火速赶往集合地点。由赵局亲自带队的两部警车和三部大巴车共计150名干警和一个中队武警战士的援助队伍出发了。

达威接到通知后，立即派了两名干警实地查看路障情况，预防有新的情况发生。他们找来竹竿和树藤捆绑成一副担架备用。

仅仅一个小时，在路障的前方出现了灯光，由远而近。

"达监狱长，我们的车马上到了。受伤的人怎么样了？"赵局一路与达威通话。

"情况危急，老张已经昏迷。犯人腿部受伤，伤口还在流血，但人是清醒的，不过看样子走不了路。"

"马上组织人，将人护送过来，争取抢救时间。"

张卫华背起爷爷，由一名干警帮扶着，犯人王洪躺在担架上，手和竹竿铐在一起，由四名干警押送。

"李强，你带队护送他们到医院。保持联系。"

"放心吧，达监狱长，保证完成任务。你这里也一定要平安顺利。"两人用力握了一下手。

第一辆警车闪着警灯向城里的医院驶去。

雨还在不停地下，赵局与达监狱长终于汇合了。于是风雨中竖起了一面人墙，犯人一个接一个走下车，通过人墙，走过路障地段，到达了前来接应的车辆上。

出发前，干警向犯人发放了面包和矿泉水，犯人们安静地吃着。车辆到达兄弟监狱，交接完犯人已是深夜。

达威松了一口气，他正想打李强的手机问一问他那边的情况。胃里一阵绞痛，他连忙去掏口袋里的药，口袋里却是空的。

十七

达威住院了，晶晶请假来到了医院。

“爸爸，您比以前瘦多了。您告诉我，您得的是什么病啊。”

“院长叔叔不是告诉你了吗，是胃炎、胃溃疡。没事的，休息两天养一养就好了。晶晶，现在洪水退了，你进一趟山，去我的宿舍帮爸爸拿一份材料来吧，是关于增容扩建监狱的意向书。”

“都累住院了，还要工作啊。我不去。我要在这里看着你，不许再工作，直到您出院。”

“你还有两个月就要高考了，把东西给我拿来，赶快回学校去。不要任性，嗯！你呢要全力以赴高考。爸爸呢也要全力以赴亲自建造一座现代化文明监狱，这是爸爸今生最大的心愿。晶晶你是最懂爸爸的，不是吗？”

是的，晶晶是懂爸爸的。她知道爸爸除了热爱自己的工作就是爱她和妈妈，爱这个有她和妈妈的家。可是妈妈为什么一定要出国发展呢，爸爸现在病了，她却不在他的身边。也许该给妈妈打个电话，让她回家来，女儿再孝心也无法代替妈妈吧。

结果这次与妈妈的通话，她才知道妈妈在出国前就和爸爸办理了离婚手续。

你这个自私的妈妈，自私的女人，我和爸爸再也不需要你了，我恨你丢下我和爸爸。

晶晶在爸爸的宿舍里大哭了一场。她想爸爸是世界上最好的男人，一定会有更好的女人爱他。晶晶开始慢慢看爸爸房间里的一切。整个书架上摆的都是法律方面的书籍，爸爸要的材料袋在书台上。旁边放着一个精美的相框，一张全家福放在一边，并没有装在里面，照片里爸爸妈妈和小晶晶都笑得很开心很幸福的样子。这是爸爸拆下来的吗？他是不是不想看又舍不得丢弃毁坏呢，因为那上面还有小晶晶。

唯一的一本小说《山楂树之恋》被孤独地放在枕边，晶晶拿起来翻开来看，一张照片飘落。

这是叶青青的一张大一寸的免冠彩照。

晶晶拿起来细细观看。这不是叶青青姐姐吗？她的照片怎么会在爸爸唯一喜欢的一本小说里。爸爸不是一个随便的人，决不会轻易珍惜保存一张姑娘的照片。爸爸爱她吗？他们相爱吗？

晶晶从她熟悉的李强叔叔那里要了叶青青的电话。

“青青阿姨，我是晶晶。”

叶青青心里一愣，达威一直都是让她叫青青姐的，今天她怎么叫我阿姨了，而且说话的声音也不对。

“哦，是晶晶啊。你给我打电话有事吗？”

“我现在在我爸的宿舍里，你快点来，我有重要的事想和你说。请你不要告诉我爸爸我和你见面，这是我们之间的秘密。好吗？”

“能告诉我是什么事吗。”电话里没有回声，青青隐隐听到了哽咽的声音。

“好了，好了，我不问了。晶晶别急，我马上赶过去。”

三个小时，叶青青赶到了。

傍晚时分，叶青青拿着晶晶转交给她的材料袋来到了医院。

“哎，青青你怎么来了。”

“我和晶晶达成协议。我让她为迎接高考备战，她让我替她照顾爸爸。”青青得意地笑着摇了摇手里的材料袋。

“这孩子真不懂事，怎么能麻烦你呢，你的工作也忙。我没事的，不用人照顾，你过一会就回去吧，啊！”

青青笑而不答，她从没发现他对她说话的尾音中带感情语气，今天他用了感情用语。人在有病的时候，内心一定是脆弱的。

叶青青在医院陪护了三天，达威一定要出院。院长一再嘱咐叶青青一定要让他在家休养一段时间，不能再劳累过度。

叶青青和达威回到他城里的家中。

“进来吧，家里有一段时间没收拾了，脏乱得不像家了，别笑话。”

“达威哥，院长对你的病好像特别地关心，只是胃病吗？”

“他是我的战友，医生的职业病。没事放心吧，啊！”

叶青青让达威进卧室休息，自己去菜市场买菜，煮饭，搞卫生。进进出出一个上午，房间明亮清爽起来，饭菜满屋飘香。

坐在餐桌前。

“青青，辛苦你啦。”

“有家的感觉吗？”

“吃饭吧，吃完饭你就回去，我下午约了李强去办事。”达威低头说着，大口吃着饭菜。

两个人吃好饭，达威就催促青青。

“走吧，我先送你去坐车，然后我再去李强那里。”

“怎么回事嘛，病刚好就忘恩吗？你就那么不想让我和你多待一会吗？为什么总是赶我走，总是提到李强。你是在提醒自己什么吗？还是在提醒我？可李强是我什么人吗？”

达威站在那里看着她，无语无助的样子，叶青青心软。

“晶晶给了我一个礼物，我拿给你看看。”

精美的相框里，小晶晶和爸爸笑的依然灿烂，妈妈的这边被剪掉了，换上了青青的那张免冠照的人头照。为了美观协调，在三个人头下边用彩笔画出了一些简单的花草，看上去就很美了。

“胡闹，把它拆下来。晶晶是个孩子不懂事，你也不懂事了吗？”

“这是晶晶给我的礼物，你没有权利毁坏。你说晶晶不懂事？可你知道吗，晶晶是在你的宿舍里给我打的电话，只说了几句话就开始哭。我一到她就抱着我大哭，她说她刚刚和她的妈妈通过电话，知道了妈妈早就和爸爸离婚了。她在爸爸的书里看到了我的照片，她对我说她的爸爸一定是爱我的。她问我年纪这么大了为什么没有结婚，是不是也爱着她的爸爸。如果是她要我向她保证，要真心地永远地爱他的爸爸。她说她要保护她的爸爸，不能再让第二个女人伤他的心。这就是晶晶对我说的话，你了解晶晶吗？你知道她有多爱她的爸爸吗？我都被她感动了，所以我收下了她亲手修复好被你拆下来的照片，只是换了一个爱她爸爸的人而已，我很珍惜这份礼物。"

达威像被电击中一样坐在了床边，呆呆的。几分钟后他的眼光不知所措地盯着青青，不知如何开口。

"达威哥，别再苦自己了，她已经和别人结婚了，不会再回来了。"

"青青，不是这个问题。"

"那是什么问题？李强吗？有你在，我是不会爱上任何男人的。"

"我若不在了呢？"

"你胡说什么。"

"开个玩笑，好好的怎么会不在了呢。"

"达威哥，我们结婚吧。"

"不行。"

"为什么？你不爱我吗？你亲口告诉我你不爱我，你说呀！"

达威沉默。

叶青青扑进他的怀里，柔情地亲吻着他，嘴里喃喃地喊着，达威哥你爱我吗，你爱我吗？

达威紧紧地抱住了她，深情地吻了她。

"我今天不走了，留下来陪你好不好。"青青在他的怀里撒娇。

"青青，这样不行，知道吗？因为现阶段工作比较忙，压力也比较大。你知道监狱被洪水冲毁，几个监区都不能再恢复使用。犯人都临时送到了别的监狱。干警也临时分流到其他监狱。我心里急呀，建新监狱的土地批下来了，资金也到位了。我必须在最短时间内把监狱建好，把我的人马招回来我才能安心。我答应你等新监狱建成了我们就结婚。你也知道我不是一个前卫的人，没有给你一个承诺，没有给你一个保证，我做不来。再说等我身体恢复了，理想实现了，心情轻松了。到那时，是不是会更好？嗯？”他深情款款地盯着她。

“再等，我真的老了。”

“所以我要抓紧，我知道时间不等人。”

叶青青高兴地给晶晶发信息。

“晶晶，你爸爸同意新监狱建成后就和我结婚，有我在，你就可以安心复习，准备高考吧。”

“青青阿姨，我们一起加油！你的婚姻，我的高考。胜利一定属于我们。”

十八

早晨起来，达威就感到身体不太舒服，浑身没力，疲惫不堪。他慢慢地走着，看着眼前办公大楼上的狱徽在太阳的照射下闪闪发光，它的光辉令人肃然起敬，穿着制服的干警们陆陆续续地走进去，上班的时间到了。放眼远望500米处，高墙、电网、岗楼、持枪的武警战士，夜班与白班交接的干警在黑色大铁门的侧门进进出出。

一座部级现代化文明监狱昨天刚刚验收合格，新监狱落成挂牌典礼大会就在今天召开。监狱回请各届党委成员和调出的优秀领导干部，叶青青也在被邀请之中。省级领导，省局领导，武警部队的领导，地方有关领导前来参观祝贺，这是一次盛大的典礼。

达威的胃一阵剧烈的绞痛，心想今天的大会我参加不了了吗？

他的眼前发黑，身子摇晃了一下，就什么都不知道了。等他醒来时，已经是在医院的病床上了。

院长室内。

“院长，情况到底怎么样？达监狱长怎么会晕倒呢？”

“癌细胞已经扩散，晚期，没有手术的意义了。”

“他不是胃炎胃溃疡吗，怎么是胃癌？”

“两年前我就建议他做手术，还是有希望的。可他不听，还请求我为他保密。”

“他还有多长时间？”

“通知家属，准备后事吧。过不了三个月。”

监狱长您这是操劳过度，累得呀。

李强返回病房默默地坐在床边。

“怎么了，李强你哭了。院长都和你说了？”

“为什么不听院长的话，早点做手术？现在医学这么发达，癌症早期是完全可以控制的。是为了工作吗？值得吗？”

“也不是完全为了工作。你让我躺在床上什么也不干，就是多活个三五年又有什么意义呢。李强，我这一生没有什么遗憾了。父母亲有弟弟他们，我最放心不下的是晶晶。她妈妈和我离婚了，这孩子很依赖我，我怕她接受不了这个事实。还有就是叶青青，她是个好姑娘，她一直就在等我娶她。可我知道自己给不了她幸福，我不能害她，所以我把她们两个交给你，只有交给你我才放心。我知道你会替我照顾好她们。”

李强握着达威的手，紧紧地握着，热泪盈眶，他用力点头。

叶青青赶来了，晶晶也从学校赶来了。她们在达威的床前陪了他两个月，青青要和他结婚，她说她要做他的新娘，哪怕是一天。达威又一次拒绝了她。为了青青，也为了李强。

在达威临终前，晶晶的妈妈从新加坡赶了回来，是叶青青通知她的。站在达威的病床前，她哭着说了无数个对不起，达威看了她一眼没有说话，他已经没有说话的力气了。

达威走了，他走得很平静。

晶晶抱着爸爸的骨灰盒，在叶青青和李强的陪同下在新监狱里走着，晶晶在心里默默地告知爸爸。

“爸爸，青青阿姨让我叫她妈妈了，她说她会好好地照顾我，何况我也长大了，懂得照顾自己了，你就放心吧。青青妈妈说要送你回大山里的小树林，她说在那里你不会寂寞，那里有您的战友。送您走之前青青妈妈说再带您来看看新监狱，这样您就会安心休息了。”

李强走在晶晶和青青的身后：达监——我的好战友，好大哥，您真的就这样走了吗？您听到我的哀痛与悼念吗？您就放心走吧，我一定会照顾好青青和晶晶的。

他们肃穆而沉默地在新监狱里走完了一圈。

监狱的大门前，晶晶抱着爸爸的骨灰盒，青青和李强护在左右。

“叶警官！”

犯人——黄石，不，他已不是犯人了。他穿着一身笔挺的黑色西装，毕恭毕敬地站在他们面前。

“叶警官、李警官，我今天刚好刑满释放。知道你们是送达监狱长进山里老监狱的那片小树林。我也想送他一程，也想去拜祭一下李佳丽警官，去赎罪，可以吗？”

叶青青看看李强，李强点点头。

“好吧，黄石。上车吧。”

“谢谢，谢谢你们能让我和你们一起拜祭英雄！”

警车拉响警笛，向远处的大山驶去。

1998年—2016年

后记：生活光影与文学诗意中的人生行旅

静若幽兰

总想为自己的文字作个总结，为自己的生命留下些记忆。

直到远在鲁地邹城的庄生小乔偶然即兴为我的生活影像配了一首小诗，极好。

让光影与诗意串成人生的记忆，岂不是一件美好的事？

微信中，我说出了这个关于生活光影与文字诗意结合的想法。庄生小乔给予了积极的回应，写出了他在那些生命的平凡光影中读出的诗意文字。

由此，我认识、了解了孔孟之乡的青年才俊——庄生小乔。

在文字的交流中，庄生给我博览群书、阳光向上、儒雅敦和的感觉。工作之余，庄生信奉“读万卷书，行万里路”，并且，从他的女儿淑涵3岁开始，庄生便带着她天南地北地行走。如今，他的女儿已11岁了。

鲁粤的诗意与光影，相映成趣。我对庄生说出为我们的文字结个集子的想法。为商议两个人出书的事宜，我们商定十一假期面谈。

粤北，英德西站。庄生背着简单的双肩背包，女儿却推着几乎与她齐肩高的推拉箱跟在身边。我扬手招呼急奔过去。

“不用帮她，她自己可以的。从小我就锻炼她独立做事。”庄生说话的语速不快，声音不高，很温和。一米七八的挺拔身材，举止有礼，儒雅斯文。这和微信聊天中那个阳光又带几分调皮的庄生有很大的区别。微信中他会友好地叫我静姐，静同学，有时还会顽皮地叫我老姐，惹我生气，然后再把我逗笑。而眼前这位目光平静、温和微笑的稳重男人，怎么看都让我觉得他内心不轻松。仅眉宇间那明显蹙眉留下的纹痕，就让我颇有感触。

庄生的女儿淑涵像只欢快的小白兔，在公园里的儿童游乐场跑来跳去，玩得很开心；我和庄生则坐在凉亭里聊天。

人到四十，不惑之年，而庄生的惑却重重地压在心头。那种阳光调皮的大男孩性情，也许只有行走在山水间和文字中、以文会友时才会自然轻松地流露。生活中，庄生是严谨的，苦累的。他有年迈的父亲；妻子也在生完女儿不到一年便患上了严重的头疾，失去了平衡力，从县城到市里，从省城到北京，辗转多方，医治无果，吃饭也需要人照顾；女儿正在成长，处于需要家长投入精力用心培养教育的年龄段。提到女儿，庄生低下头，抬手，看似无意捋着前额的头发，实则用手附上额头挡住了眼睛和面颊。他的内心，一定有对孩子深深的怜爱和愧意。可想而知，十多年既当爹又当娘，不离不弃地照顾妻子。看得出，庄生不是一个爱钱的人，却被钱压得喘不上气。他一个人在煤炭行业的国企工作，养一家人，每月领菲薄的工资，家中有老人妻子女儿，还有人情往来支出，可以想见生活的不易。但不管生活多么艰难，他都会想出办法挤出时间，找来买书的钱。陪着女儿读书，带着女儿行走。这看似一种生活方式，难道不是一个诗意生活的父亲对家庭、对孩子的良苦用心？在我看来，他是在苦心培养女儿的独立与坚强的性格，而随时准备面临他无法对女儿言说也不愿说出口却又不知何时就会降临到他们父女俩头上的悲痛呢。庄生几句话轻描淡写带过他的家庭生活，他只是想告诉我他有困惑。他想放下一些东西，想坚持一些东西。

庄生和我一样，非常敬重和崇拜王十月先生，但又有所不同。我着迷一样追读王十月先生的小说，就像上高中时爱鲁迅先生的作品一样。读王十月先生的作品，能唤醒人的良知，人的社会责任感。感觉是力托万里长城闪耀佛光，有普照众生之气魄；感觉是力清黄河之浊水，有洗涤人的灵魂之功力。而庄生似乎更加钦佩王十月先生的文学造诣、个人人品和对文学创作的坚持。早在2004年，庄生就在网络世界中天涯论坛上追看王十月先生的作品，关注他的一切。特别是王十月先生在深圳31区放弃所有工作赚钱的机会，专心写作，靠微薄的稿费养家糊口，更令庄生敬佩，甚至崇拜。就在我们谈论王十月先生时，在我们身边玩耍的淑涵突然插嘴道：阿姨，你看我跩不跩？我笑了，我知道这句话和那个标志性的动作是王十月先生调侃发在朋友圈上的。可见王十月先生对庄生的影响，连他的女儿都知道。

我听懂了庄生的想放弃和想坚持。我不得不对他痴迷阅读、热爱写作作出理性的分析。王十月先生是中国文坛的奇迹，他是天才，是奇才，文凭不高，但有极高的悟性，学啥像啥。虽然他出身贫苦、经历坎坷，但他有良知有正义，他说他不会干别的，就是为写小说而生。王十月先生的成功是天时地利人和共同铸就的辉煌。你可以学习他的坚持、坚忍和坚强，持笔不懈。写作是毕生的浩大工程，不急于一时。平常人是不能放弃赖以生存的工作，闭门写书的。你的妻子和孩子眼前都没有独立生存的能力，何况在文学被边缘化的今天，不是职业作家的书写连自己都养活不了，何谈养家呀！做生意也许能赚钱，那也许会毁掉一个未来的优秀作家。靠波谲云诡的资本市场？想一想一家，老的老、小的小、病的病，还敢冒险吗？人可以清贫地活，活出精神富有就好。脚踏实地地活，别让生活雪上加霜。

庄生与我对面而坐，淡淡的表情沉默着。良久说道："静姐是文心入世。"

他意在说我比他成熟。然后话锋一转，接下来就我们要合出文集事宜，我们进行了认真的商议。

在仅有的一天时间里，我安排了溶洞温泉、宝晶宫和深山区的千亩茶园的观光，这让我又看到了那个阳光暖笑的庄生。邀约他们父女到家中茶室小憩，孩子们在客厅里玩耍，庄生与他口中的香姐夫（我的丈夫）品茶聊天。他对茶文化还真是颇有研究，高兴得香姐夫拿出了他的极品石花。

在宾馆，我看到我专门为孩子买的南方时下鲜果、零食都还摆在台面。我问淑涵："阿姨给你买的东西不好吃吗？""太好吃了！"她回答。"那为什么不吃，这鲜果放久就不好吃了。"可爱的山东小妞悄悄地附到我的耳边告诉我：阿姨，是俺爹不让俺多吃，说俺娘有病不能出远门，每次远行有好吃的东西都要带回去和俺娘一起吃。我心颤动，鼻子发酸。抬头看庄生，他正坐在小圆桌前，静静地看书。他安静看书的样子，像是从没有和我述说过困惑。

匆匆一面，感慨万千。庄生带着他的宝贝女儿——可爱的山东小妞淑涵，从广东旅游名城英州赶回他们父女俩的家，继续他们在鲁地的平凡生活。我则带着庄生的嘱托和倚重，开始了这本合集的一系列工作。

这本合集的出版，对我而言，是了却我为自己的文字作个总结、为自己的生命留下些记忆的美好心愿；而对于庄生小乔，我希望合集的出版既是一种鼓励和鞭策，也是一种期冀和祝愿。愿他能继续勤于阅读、勤于思考、勤于笔耕，在文学创作的诗意百花园里，开拓出自己的一片天地，书写和创造出属于自己的辉煌。

更要在此深深感谢为我和庄生小乔的这本合集写序的王十月

先生。这本合集的初稿汇总之后，我们不揣冒昧，请王十月先生作序。感谢王十月先生欣然应允，于百忙之中拨冗为我们的合集作序，我们觉得这既是王十月先生在文学创作上对我们的一种扶掖，也包含着他对像我们一样的平凡之人的内心诗意的认可。还要感谢我们生活和工作中的亲人和朋友们，无论是我的虚构故事，还是庄生小乔的诗意文字，都在时光中汇集、定格，以光影中的记忆和文字里的诗意，感恩生命中与各位亲人和朋友们相遇。

感恩时光之影。

感恩生命诗意。

感恩生活光影与文学诗意的人生行旅中——遇见你们。

2017年12月26日（广东英德）